Les cahiers d'un lyrique

弹拨者手记

钟立风 / 著

上海三联书店

雅众文化 出品

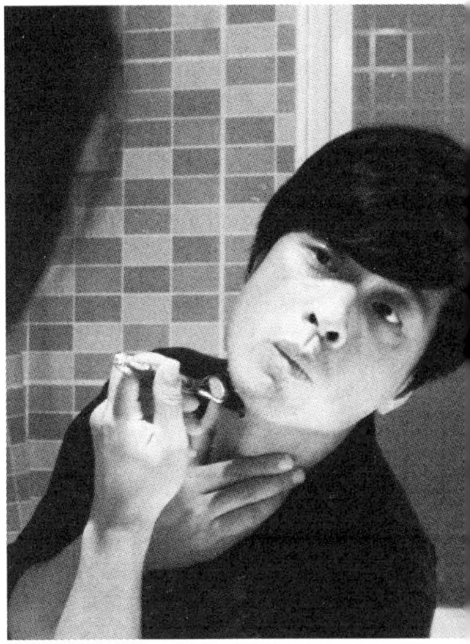

钟立风

作家歌手，博尔赫斯乐队主唱，
祖籍浙江遂昌，现居北京。
曾出版《像艳遇一样忧伤》《欲爱歌》
《爱情万岁》《短歌集》《书旅人》
等音乐、文学作品若干。
他的音乐具有很强的文学性和画面感，
他的文字则充满想象和流动的音律。
他说：如果音乐是我的白天，
那么文字则是我的夜晚，
是文字和音乐完成了我的呼吸——字吸，歌呼。

目录

自序

“是不是在写作这本集子时，总有一种拨弄乐器的感觉，所以你将它取名‘弹拨者手记’呢?”被人这么一问，我想起来当初书写这些文字时还真有一种“弄品”（乐人们——诗意地——戏称手指在弹拨乐器一格格的品位上寻觅、跳跃、弹奏为“弄品”，粗糙一些的说法是“爬格子”）般的写作感受。通常我不太确定什么时候会拿起乐器，按下的第一个和弦会是什么，第一串音阶将会走向何处，在哪个地方又会停顿一下。而后借着一个和弦外音，转调去到另一个地带……尽管如此，似乎又有一种暗中的引力将正在翻书、洗菜切肉（给妻子打下手）、谈话（与一名不速之客），或昏昏欲睡之时的我拉到乐器前，拿起她，曲调自动上门。于是乎，意料不到的音乐就诞生了。

在日常生活中，我时常会陷入种种碎片、断想和离调的（文字）想象中，这些欢愉（偶尔也会不安）的念头似乎正像是手指在乐器的“品格”中“爬来爬去”。好似即兴，却又比较从容自得。左手在丝弦上摸索、迟疑、行进，右手的拨弄仿佛是一个清醒者在做梦。它们相互启发又彼此受限——像个旅人一边走，一边迷路，忽而又开发出来一个新境界——在局限里找到新的出口和自由。

在成为一个写作者和创作歌手之前，我最早的身份便是一名弹拨手。少年时师从浙江交响乐团小提琴演奏家、电吉他演奏家宋家春先生。后来加入一个巡游乐团开始几年漂泊生涯。如今回忆起来，要是没有那些晃荡的“弹拨时光”，我的人生（文字、音乐）走向会大不一样。平常闲荡时看到一个路人的步态、一个废弃已久的火车头、一名少妇焦虑的徘徊，或在一幅绘画的线条、一段文字的消隐里，我总是会率先注意到其中不太稳定的波动——犹如弹拨之后琴弦的颤动——那神奇的频率和余味叫我迷醉。

在文字里感受着节拍。从音乐里获取着文气。

有时候谱写一首歌，我会有意无意地编写出一段就连专业吉他手都很难搞掂的间奏。录音时，他们摇摇头，说还是您亲自来吧……其实难度并不大，但为何难以搞掂？我后来觉得那旋律里面埋藏着一些文学的要素，唯有亲自弹奏的时候能捕捉到这些密码。我甚至会常常在朋友乐队的表演过程中，出其不意地冲上去，操起另一把乐器与他们做默契配合，就像常在电影里看到的那样。朋友们对我的即兴弹拨很感兴趣，说弹出来的味道很“怪”，有种陷入小说故事里的意思。

这并不是吹牛啊。曾有一次，一个朋友拿出一把只剩两根弦的吉他给我，叫我与他做配合。他弹伴奏，我弹主旋律。很快，我便找到了感觉，拨弄出了一大段就连自己都未曾料到的奇特旋律。事后有朋友听到那次录音，说仿佛跌入一片梦境。可是我那要命的揉弦又时刻将他从梦境里拉出来，这令他难以把持，恍惚陷进一次要命的艳遇里。后来，我开玩笑说了一句——

"朋友，当我看见你在一把弹拨乐器上，以一种什么样的情绪（情欲）揉弦，我便知道你是谁！"

我懂得，一直以来因为文学、艺术和诗歌的养分，才使得我一直保有弹拨的热情，而且也正是因为这些——你会看到她们会以不同的样子、调性和气息出现在这本手记里——使得我的旋律走向、弹拨节奏都发生了改变，变得更加自我而合拍于心律。

2018 年 4 月 18 日

北京乌鸦旅店

I　触琴

*

看到笔记本里抄了一句“实在闲得无聊，他便索性伤感了起来”。忘了具体出处——感觉不是在罗伯特·布朗宁就是在吉尔伯特·帕克的某本书里看到的——实在有趣也有些无厘头。无聊、伤感都是真实的，但也充满了搞笑和喜剧色彩。“索性”两字——赌气似的——提供了音符般的转调魔力。

*

看一篇小说，看到了音乐性；欣赏一幅画作或一座雕塑，感受到了使之流动而赋予其生命迹象的节奏；读一首诗，感受到了内在的律动变幻；甚至在现实生活中遇到一个妙不可言的女子——看，她浑身无一处不散发着调性……无一例外，都是以音乐来表达这些最高的赞赏……美学大师佩特讲，任何艺术都渴望获得音乐的属性。乐圣贝多芬也当仁不让——“音乐是比一切智慧、一切哲学更高的启示！”然而，同样的意思（意境）被法国作家费迪南·塞利纳说出来，除了感到更过瘾之外，还有一些……怎么说呢，还有一些“惨不忍睹的、触目惊心的快感”。请注意了，您如果受不了的话，就不要看啊——

“对我来说，不会唱歌的一切都是粪便！”

塞利纳认为音乐与节奏的重要性不仅仅关乎艺术，还包含在生活的任何一个方面。他说，人类的本性是诗意。所以他在写作的时候，词语本身就能把他的情感调动起来，他不给词语留下组成句子的时间，抓住那些未加工的词语，以一种诗学的方式。所以，在那句“可怖”的话后面，他还说了一句——

“不会舞蹈的一切都表现出某种粗俗！”

塞利纳先生是学医出身，所以我们能联想到，即使在医学解剖中，行医者也要强调节奏、拍子——身体活动的果敢。

*

电影导演、“恶作剧大师”希区柯克经常给朋友讲一个黑色笑话。一个死囚上了断头台，他看到了给他行刑的那个刽子手后，松了一口气。因为这个刽子手手法一流，是出了名的快刀手。可想而知，要是碰到一个蹩脚的刽子手，死囚该有多郁闷……好了，一声令下，刽子手麻利而精准地完成了工作，可是，似乎又什么也没发生。于是死囚说话了：您倒是快动手啊，不要让我久等了。刽子手说：“请您点一下头。”犯人照做，点了一下头，他的脑袋就滚落下来……希区柯克的御用编剧奥拉迪斯先生不甘示弱，也给朋友们讲了一个关于行刑的黑色故事。一个男人被带上绞刑架前准备行刑，他满怀戒备地看着地板滑门，它的样子好像不太牢靠，于是他就用怀疑的口气问旁边行刑人：“嗨，哥们，我说这玩意儿安全吗？”这些故事残酷又幽默，充满了荒谬的色彩。尹奈尔小姐跟我说起一个关于死囚的故事，也十分令人难忘，好像一幅画：一大帮囚犯被分批执行死刑，有一位很安详地翻看一本书等待那一刻的到来。当轮到他时，他不慌不忙，下意识地把正在看的那一页折了一个角，合上，轻放在一旁。那感觉仿佛他只是出去一趟看望一位朋友，或倦了小睡一觉，待会儿回（醒）来还会继续翻看这本书似的。

*

作家是一个熟悉各种秘密的人，他带引我们一起去破解秘密，结果，当我们欣喜地发现已经找到密码时，却发现他早就不知所踪了。他的悄无声息的“隐退”成了密码的一个组成部分。

*

汉斯·托马是卡夫卡喜欢的画家。后者在他居住的采特纳街上的小房间里挂的唯一一幅画作便是前者《犁田者》的复制品。卡夫卡还曾在卢浮宫认真观摩过乔治·修拉那幅飞扬、充满律动的《马戏团》，由此可知，他的那则集炫目、哀伤、卑微和晦涩为一体的暗恋故事《马戏团顶层楼座上》一定与这幅画作有关联。

《巴黎屋檐下》和《幕间休息》的导演雷内·克莱尔最喜欢的画作是马奈的《阳台》。阳台上一男两女，女子专注的目光，是在看一场电影吗？卓别林，大家都知道了，他很喜欢梵高的《一双鞋》。而作为画家的高更，你认为他的房间里除了自己的作品还会有哪些画家的大作呢？毋庸置疑，肯定有梵高的，其他的还有修拉、塞尚和雷诺阿。只不过当时这些画作还不很值钱。

纳博科夫喜欢马蒂斯和毕加索，我们在其小说《微暗的火》中看到，金波把一幅早期毕加索的作品挂在租来的房子里。

安德烈·布勒东中意安德烈·德朗的《X骑士》，这幅作品布勒东最早在阿波利奈尔主编的杂志《巴黎夜晚》里看到，他通过关系，买下。画中是一个皮肤黝黑的丑陋男子坐着看报纸——一份真正的报纸。有人说德朗有令人捧腹的幽默和怀疑一切的智慧。但后来因为缺钱，布勒东忍痛卖掉了它。

第三帝国创始人希特勒最欣赏的画家是弗朗茨·凡·斯塔克，他画笔下的“莎乐美”，是极具诱惑力的“蛇蝎美人”。

法国哲学家福柯去世后，他的几位同性恋人要把他生前住的房子按原貌拍下来，他们用罗雷35小相机去拍摄，我们看到在客厅里挂着的一些非洲面具旁边有一幅毕卡比亚的作品，是一幅像是福柯又不大像是他的肖像。我的朋友、卡林巴拇指琴演奏者兼业余演员马格里最喜欢的画家也是毕卡比亚，那年我搬入新居，他来看我送我一幅毕卡比亚《地球是圆的》(1951

年）复制品。马格里有一年外出浪荡，我送给他一句毕卡比亚的话：必须做一个流浪者，像穿过国家和城市那样，穿过种种思想。

*

有一位作家似乎这么说过："我不允许我的书里有爱情，因为一旦这种东西出现，几乎就不可能谈点别的了。"我愿意把他的这句话当作令人愉快的幽默说辞，而不是他的书写宣言。如果看着看着他的小说，爱情这东西还是不可避免地出现了，我丝毫不会觉得他言不由衷、满嘴跑火车。

——"那有朝一日，你会写一个爱情小说吗？"

——"天哪，我们就不能谈点别的什么吗？"

*

文学、诗歌不仅仅给我的歌词创作带来了启发，更重要的是它引发了我旋律的走向。某些时候，一句诗歌里的隐喻、一篇小说里（临睡前读到）女主角一个离奇而感性的行为，都会使得我"发明"出一个和弦，找到一个调性，使得接下来要谱写（弹拨）的歌曲有了不同的节奏和色彩。

*

平日里我热衷于搜集喜欢的演员、舞蹈家、画家、江湖艺人、乐师撰写的书籍来看，没有成册的书，能窥探到“一鳞半爪”也高兴。我不知道何故对这些“跨界非专业”作家那么感兴趣，也许是猎奇，也许是想获取到一些意外的音符。但凡我喜欢的这些不同领域的人士，一个个都深谙人性却又以极其放松的心态过活，所以他们笔下的故事都是有趣味又有深度的，或者文笔本身一定都是简练的。有一位戏剧演员，他在不为人知的情况下出版了一本小说《狮子客栈》，连他的妻子也不知道丈夫居然还是一个小说家，因为她从未见过他拿起笔来进入创作状态，甚至他看书的时间都很少，因为他们已经有了好几个孩子（清一色男孩），除了演戏，就是做奶爸。就在小说出版期间，妻子又怀孕了，而这时候跟他演对手戏的女演员也怀上了他的孩子。有一天排演结束，他把情人带到家中和妻子见了面，妻子除了有一点讶异，没有其他情绪，等待丈夫开口，做出最后的抉择。这位演员、小说家拿出新近出版的《狮子客栈》，翻开做好记号的一页读道：“谁要是生了女儿，他就跟谁在一起。”结局当然不是那么简单，但也谈不上有多么扑朔迷离，狮子客栈里果真有狮子乎？

*

多年前，我认识一个女孩，有天我们碰头。她比我早到约会地点，我故意慢腾腾走近她，站在她身边好一阵子她都没发现，她听着耳机里放着的音乐正入迷。后来她跟我说听的是阿丽尔·多巴丝勒的专辑。啊，她竟然还是歌手？我惊讶。女孩子说，是啊。我跟她讲我看过好几部电影都是她演的，寺山修司的《上海异人娼馆》，侯麦的《沙滩上的宝莲》，还有一部罗伯－格里耶的电影，我忘了什么名字了，她也在里面。女孩也惊讶了一下，她还演电影？后来我便开始听阿丽尔·多巴丝勒的音乐，第一直觉是她那嗓音颇有一种风尘和小酒馆味道，颤抖着颓废的深情。听不懂歌词，但能感受到她吟唱着俗世人生里的种种悲欢境遇，有一种"恶之花"般的味道。偶尔在她的歌曲表达中，我们会听到一声喟叹，隐忍而高贵。她的歌唱里还有种流浪文学的味道，既暗淡也明媚，磁性的幻梦的质感，挺叫人上瘾的。多巴丝勒出生在墨西哥，少女时代就到了巴黎闯荡，开始了她的流亡艺术人生。特吕弗说在镜头里的她太美了，看一眼，便让人从此热爱生活！但是我们没有在特吕弗的电影里看到过她，这是我们和特吕弗共同的遗憾。最近我才知道她在三十五岁的时候嫁给了哲学家贝尔纳·亨利·莱维。这之前他们俩维持了长达七年的秘密地下情，2011年海天出版社出版了莱维的《波德莱尔最后的日子》。难怪，一开始我就在她的歌声中闻到了"恶之花"的气息。据说贝尔纳·亨利·莱维是一位帅气的明星般的哲学家、公共知识分子。他曾戏言：“上帝死了，但我的发型依然完美！”

*

一个人出门前总要照照镜子，而后再转头看一眼屋子；一个人拿起一把格里格利亚琴试拨，一按上去就是一个半减七和弦；一个人总是用相同的句式结束不同的走调故事；一个人总是骑同一头驴子穿过想象的黑白宽银幕，而后在银幕后面摸索到情人的眼泪——他一定是一个逸士。因为常言道：

“壮士跨马，逸士骑驴。”

那个出门前总要照照镜子的人，曾经把一匹野（牝）马锁在屋子里。那个半减七和弦爱好者和那个写走调故事的人，都喜欢看黑白宽银幕电影。

*

关于母爱，我想起了莱昂纳德·科恩的母亲。一次他母亲跟他说，你如果遇到什么烦心事，想不开，就用剃刀把脸刮干净。很多次情绪低落，科恩想起母亲的话，都是这么干的，效果很好！“用剃刀把脸刮干净”（请注意，不是电动剃须刀），意味深长，一方面是把过去的不堪处理干净，清爽、清醒地面对真实的自己和往后的生活；另一方面——正如一句歌词“发现自己活在剃刀边缘”——注意了，你要拿好手中的剃刀，不要不留心把自己伤了。

*

今天写歌一首。起因是脑海中出现了一个场景：一群朋友聚会时，其中一人说出去买包烟。大家没太在意，结果他这一去……接下来的场景是过了很多年之后，他才重新回到朋友们中间。可是，对于这些年他的消失、去了哪里、怎么突然又回来了，大家都没有特别提起来，朋友们照旧吸烟、喝酒、笑谈人生。就好像他出去买烟，刚刚回来。

*

热罗姆·兰东，这位法国午夜出版社老板提到他很喜欢吉姆·贾木许的一部电影《鬼狗杀手》。我们喜欢午夜丛书，碰到都买。自然也信任老板的观影品味，于是马上找来这部片子看。喜欢！可以看得出来贾木许一定很喜欢让－皮埃尔·梅尔维尔，看这部电影马上能使人联想到后者的《独行杀手》。两位杀手都极其冷酷却有情义，同样热爱日本“武士”精神。只不过相比于《独行杀手》里的——“犹如黑暗街道上一个俊美的毁灭天使”——阿兰·德龙，这个杀手（黑人，会说唱）却是另一种截然不同的形容风貌，但吸引人程度不相上下，因为两位导演都赋予了他们人文（人性）艺术的魅力。午夜出版社的创始人是维尔高，原名让·布鲁勒，是著名的作家、插画家。1941 年，为了出版抵抗运动书籍而创立了午夜出版社。1948 年，维尔高将午夜出版社转让给了热罗姆·兰东。梅尔维尔拍摄的第一部电影《海的沉默》就是由维尔高的同名小说改编。维尔高的这部由自己出版社出版的作品，首印只有三百五十册。

*

读完了前几天买的《热罗姆·兰东》。这位午夜出版社的老板在他的签约作者让·艾什诺兹的笔下，就好像在一部快意而有品质的小电影里出现。严谨、慷慨、幽默，时而也有点可爱的“尖刻”。近期读了一些回忆性的文字，让·艾什诺兹这本小集子让人回味，其原因也许是克制。书里谈及了两位共同喜欢的电影演员本·戈扎那；又说起吉姆·贾木许的《鬼狗杀手》，热罗姆·兰东跟让·艾什诺兹重复了好几次——

“您一定要看这部电影，我告诉您，是给您拍的。”

兰东先生尽管工作繁忙，但每个星期天下午都会去看电影，上午则在巴黎街头漫步，走得很远，也很快。让·艾什诺兹偶尔跟他一起散步，“我发现和他并排行走是多么困难！”这个生活细节，也许正是表明了这位出版人的雷厉风行，做事不拖泥带水。“你给他一份手稿，他第二天就会回电话，甚至当天晚上。”

虽然走路节奏步调不同，但让·艾什诺兹也喜欢闲荡，所以他们的谈话就会闲扯到这个城市某些不起眼的角落。他们谈起过同一幢其他人几乎根本没注意到的房子——托勒比亚克桥一侧一个幽静的无人地带。这多么像一幅电影画面，两个素不相识却命中注定有缘分的漫步者在那幢房子前面，曾擦肩而过。

*

关于写作，这位出版社老板与签约作者最大的分歧来自逗号的使用。老板的主张是只要可能，就借用逗号来对句子作指示性的间隔；而他的作者呢，只要可能就省略掉逗号，因为他觉得句子内部的节奏不需要借助逗号而能够自我支撑。于是在一本小说行将出版之前，他们为了逗号较劲、争论、让步，不可开交。实际上他们是一致“乐在逗号里”。2011 年 4 月 9 日热罗姆·兰东去世，这本薄薄的《热罗姆·兰东》，是两个月后让·艾什诺兹最为“克制和恰切的怀念”。每一位读者都会发现，在这本书的逗号使用上，让·艾什诺兹有着不同寻常的慷慨。还有一个细节也很引人注意，让·艾什诺兹谈到他与热罗姆·兰东永远不会真正地亲密无间，可“我们的关系还是好到他觉得我穿着不妥时就会骂我”。有一次让·艾什诺兹穿了一条膝盖上有洞的牛仔裤到出版社，这就使兰东先生很不高兴，而且严厉地让他知道这一点。“其他我比平时穿得鲜亮的时候，他会称赞我，啊，您今天的羊毛衫真漂亮，哪儿买的，我也喜欢蓝色!”

*

克拉丽丝·李斯佩克朵是一位美丽的作家。仅通过名字——还没看到其人其文——我就暗自断定。毕肖普说李斯佩克朵是一位“自学成才型的作家”“她不像大部分成名的作家那样阅读量巨大”，她甚至认为李斯佩克朵是不看书的，因为她跟其说到很多书籍,后者一概不知……我认为这不太可能,一个好作家,哪怕天赋极高，怎能不需要阅读的滋养呢？也许只是克拉丽丝没有跟毕肖普说实话吧……我看到一些李斯佩克朵的生平介绍得知，因为家庭环境，从小到大，她的阅读不像有的作家那么系统化和有导向性。成名后的她坦言自己的阅读从来没有经过精心选择，抓到什么书读什么书，几乎是“吞下书籍”，把陀思妥耶夫斯基和通俗爱情小说一起啃……但我们相信，即便如此，她也啃出了属于自己的味道。小说《隐秘的幸福》仿佛是她本人的写照。书中主人公是一个酷爱读书的瘦女孩，可是没有好条件读书。有一个胖女孩，拥有她渴望的一切——父亲是书店老板。胖女孩有一本《小鼻子轶事》是瘦女孩一直很想阅读的，胖女孩也承诺借给瘦女孩，但每次都找各种理由不借给她。胖女孩的母亲知道女儿的行径后很生气,就把书给了瘦女孩。可是有了书之后，你猜怎么着？瘦女孩并没有兴奋地马上去读，而是假装书不在，偶尔又大吃一惊（装作），哦，原来书在呢，于是开始读。读了几页，又故意去干点别的事情，或者故意忘了书在哪里……这就是“隐秘的幸福”。（我想起一个爱着的人，为了爱得更加隐秘、出其不意和长久，也假装还没开始爱一样。）读过一些她的小说之后，我再找到这位巴西作家的照片来看，没错，比我之前想象的还要美得多。

*

在行驶的车上。两个匪徒劫持了一对男女（恋人）当人质。他们俩你一句我一言地开始了关于“女性”的讨论，由于气氛热烈，很快被劫持者也加入了探讨，这激烈开怀的争论完全消除了双方的紧张关系，看上去像是一帮好友去郊野度假。

匪徒甲：别看妞了，看路吧！有天你不会有这么好运，你会撞死人的。

匪徒乙：那就算替我父亲报仇了，他就是过马路被车撞死的，他当时看妞不看车，就完了。这个好色鬼，我为他骄傲！

匪徒甲：我也喜欢他。

……

匪徒乙：我告诉你，无论女人说什么，她们就是想要！（这之前，不知道他们海阔天空聊到哪里，被劫持的女人说了一句：“不，我认识一些污秽的人，但很有教养的。”）

被劫持男：要什么？（两劫匪不搭理他，继续探讨他们的。）

匪徒乙：我喜欢所有女人，就爱她们是女人……

被劫持男：告诉你们，我爸爸怎么说女人——“看见一个，就等于看见过全部。”

响起一阵集体的欢笑。之后又继续探讨。

匪徒乙：当我认识一个女人时，我感到兴奋，我总是一见钟情，想结婚，生孩子。但她们一开口说话，我就只想上床，然后离开她们！

被劫持女：这态度不错。

匪徒乙：但现在我得说，你们所做的一切都是为了引起男人注意，唇膏、指甲油、紧身胸衣、超短裙，为什么要穿高跟鞋？为什么要穿丝袜？为什么我们不能穿！

匪徒甲：有一次我的所有袜子都拿去洗了，我就试着穿姐姐的丝袜，那反应真奇妙！怪不得她们总是穿它，她们的大腿能够互相碰触……

*

克劳迪·贾德。一位我们很喜欢却又没太记住的演员，在特吕弗的《床笫风云》《偷吻》中出演主要角色。她还在希区柯克的《黄金石》以及苏联、瑞士、西班牙和法国合拍的《德黑兰 43 年》出现过。此刻耳边荡漾的正是这部电影的主题歌，是查尔斯·阿兹乌纳尔演唱的。查尔斯·阿兹乌纳尔就是上述那个“被劫持男”——钢琴师——的扮演者，上面的对话来自特吕弗的电影《枪击钢琴师》。

*

关于乐观、悲观的说法，实在很多：我是一个乐观的悲观者；我以乐观的心态过悲观的生活；我不悲观也不乐观，我活着。等等。今天听到一句最有意思了，画面感十足，来自一部电影——

“没有什么乐观者或是悲观者，只有开心的傻瓜和不开心的傻瓜。”

既然都是傻瓜，我们何不做那开心的傻瓜呢。可是“不开心的傻瓜”——这个形象——看上去却更让我们开心。

*

由钱德勒小说《漫长的告别》改编的同名电影以猫开始以猫结尾。开始，侦探马洛被他饿坏了的猫搞醒，没办法，深更半夜他就驱车去超市买猫粮。他的猫嘴刁，只吃居里牌猫粮，他没找到，就问超市服务员，有居里牌吗？店员说没有，并向他推荐其他品牌。马洛说："我的猫就吃居里牌。"又拉家常般问店员养不养猫，店员牛哄哄地说："我有女朋友，不养猫。"马洛的猫嘴刁得真是不成样子，没买到居里牌，他就买了其他牌子的，拿回家之后将猫粮装在以前的居里牌罐子里，而且他干这一切的时候，是把猫锁在外面的。一切搞定之后，他才放猫进来。还故意嘀咕着："咦，怎么把你关在外面?"而后当着它的面把猫粮从罐子里取出放在它的餐盘里。岂料，猫只是闻了闻，发觉是假的，喵叫着一溜烟跳出窗外。影片结尾，那个加害于他的（假死的人）人对马洛说："你是个失败者。"马洛说："是啊，我的猫都跑掉了……"而后一枪毙了他，反正他早已是个"死人"了。

*

女性的魅力，魔幻般的魅力——她直视你的眼睛，但有些害羞。

*

挪威画家爱德华·蒙克在梵高去世三年之后创作了《尖叫》。这之前的很长时间，他一直希望自己的绘画能有更加强烈的情感，却不知如何改变、怎么下手。直到十九世纪八十年代，他在一次法国的旅行中，看到了这位荷兰后印象派画家的作品，瞬间就明白了要如何成就自己的艺术抱负，“以一种扭曲形象的方法来传递心灵深处的情感”。喜欢希区柯克电影的朋友一定对他的那部灾难片《群鸟》留有挥之不去的印象，尤其是女主角蒂比·海德莉被群鸟攻击时的恐怖表情。电影的特技师罗伯特·博伊尔是蒙克的忠实粉丝，他的总体构思、设计深受《尖叫》的启发，“旷野中荒凉和疯狂的感觉表达出了一种内在的状态”。而这种疯狂的、恐惧的内心表达正是希区柯克所需要的。艺术的传承与关联像音符一样，也简单，也奇妙。

*

我们喜爱的歌手伊夫·蒙当在乔治·克鲁佐导演的《恐惧的代价》饰演了男一号。那个电影里爱他的酒馆女招待，由薇拉·克劳佐出演，她是乔治·克鲁佐现实中的妻子。薇拉·克劳佐在另一部丈夫的名片《恶魔》中饰演男主角“恶魔校长”的妻子，而校长的情人，由西蒙·西涅莱出演。西蒙·西涅莱是伊夫·蒙当现实里的妻子。这……倒来倒去的，我都糊涂了。不过，所谓的“恶魔”“恐惧”，都来自自身的欲望吧。

*

《披风男子》，一部颇有文学味道的电影。主人公自称诗人，最后不告而别，落在一张欠款条上的签名甚至是埃德加·爱伦·坡！欠条背面是一首坡的诗——《安娜贝尔·李》。这个游荡于世界的幽灵般的家伙一定是爱伦·坡的忠实粉丝。他平常跟人介绍自己都说“本人杜宾”。杜宾，爱伦·坡众多小说里的主人公，首度出现在《毛格街血案》里。据一篇报道说，从 1949 年开始，每一年爱伦·坡的生日（1 月 19 日），总会有一个神秘人物去他的墓地凭吊，而后留下三枝玫瑰和半瓶白兰地作为生日礼物。可是这个家伙，来去诡秘，从没被人碰个正着，只是在每年的那一天——或夜晚，或黎明——墓地管理人员都会看到玫瑰和喝剩的白兰地，直到 1998 年，这个凭吊者就再也没有出现了。这则报道，使我想到《披风男子》里的男人，凭吊者是不是他啊！甚至还有人认为每年给爱伦·坡上坟的不是别人，正是坡他自己——是他自己的鬼魂！长此以往，出于什么原因，他玩腻了，就再也不出现了。

*

寂静的夜里，一个和尚（从前是名武士）为死去的双亲抄写《心经》。之后沉沉睡去。倏地，飘来一名白衣女子，无言，以袖口遮住嘴部。和尚起身，问话。无言女子拿开袖子露出脸下部，原来脸上无嘴！和尚惊诧惶恐不已。遂醒来，看到女子留下一首诗，才知道事情端倪。原来这名女子竟然是《心经》里的一个字幻化而来——“色即是空，空即是色，受想行识，亦复如是”之“如”字。睡前和尚抄经时，一不小心滴下一滴墨，将“如”字右边的“口”弄糊抹掉了。说文解字：“如，从随也，女子从人者也。”这令我想到更多由“女”构成的字，但凡那些有“女”字构成的字都惹人琢磨，“好”最直接——女/子即为“好”。而令人不“安”（或安心），引发“嫉妒”，“奸”情暴露，遭人“嫌”弃，一切“妥”当，“姓”氏起源……一切一切的开“始”，都是因为“女”。

*

我们看弗兰克·卡普拉 1946 年导演的作品《生活多美好》，感觉到它与高更的名画《布道后的幻象》有一些隐约的内在关联。尹奈尔小姐说，高更真是一个豁得出去的人，人品却真不怎么样……我们在很多谈及这位画家的书籍里都能看到同样的观点。但言说者又都被他的艺术革新和才华所折服，高更本人更是知道这一点，他曾自信地说：“我是个伟大的艺术家，我深知这一点。梵高受益于我的指导，为此他每一天都得感谢我。”但尽管高更他那么厉害，那么出名，我和尹小姐还是更喜欢低调、谦谦君子型的乔治·修拉这样的画家。那个下雨的傍晚，我们在看《大碗岛的星期天下午》，从楼上空姐的房间里飘来了阿尔康弹奏的钢琴曲。

*

法语歌手简·伯金有一张现场演唱会专辑，乐队的演奏（配器）充满了强烈的非洲色彩，在这些乐曲歌声里仿佛能听到马蒂斯、毕加索、莫迪里阿尼、布拉克、安德烈·德兰他们画笔下的节奏声音。每当 Comment Te Dire Adieu 这首歌曲响起时，我总会出现一个幻觉，上面的这些画家都戴着一个非洲面具在巴黎的某个酒馆里尽情而诡异地舞蹈着，一种兽性的调皮和蠢蠢欲动朝你涌来。最早是艺术家弗拉芒克 1905 年在巴黎郊外的阿让特伊咖啡馆看到几个非洲面具，他把它们拿了回来，而后他与亨利·马蒂斯、德兰的野兽派运动就开始了。

*

安娜·阿赫玛托娃与丈夫到了巴黎没多久，就认识了画家莫迪里阿尼并成为知己。诗人与画家共撑一把旧黑伞在雨中散步，一起参观卢浮宫的埃及珍宝馆，他们齐声朗诵魏尔伦的诗篇。他们开怀大笑，笑到眼泪流出来。安娜和朋友们赞美道：真是稀罕啊，一个画家竟然那么喜欢诗歌，竟然那么懂得诗歌！

*

比利时人保罗·德尔沃决定要当一名职业画家时已是快大

学毕业了。这和很多画家的经历不太一样，我们看到很多成名的画家，都是在很小的时候，就萌生这个雷打不动的志向了。当德尔沃决定正式投入画坛时，他的同胞画家、我们都很熟悉的那位雷尼·马格利特已经很有名声了，实际上保罗比雷尼还大了一岁呢！之所以如此，原来是保罗父亲的思想观念比较保守，他一直不愿意儿子从事艺术——艺术者朝不保夕也。父亲希望儿子当一名有名望的律师，这样既被人看得起，来钱也比较快。内向的保罗可怜巴巴地祈求，能不能让他干点有些创造性的工作。父亲于是折中了一下，那就做一名建筑师吧。看这父子俩的“讨价还价”颇为逗人。后来保罗考上了建筑系，但依旧心系绘画……尽管属于艺术的梦想来得晚了一些，但终于他还是如愿以偿了。这似乎和陷入爱情遐想里的人一样，他苦恼，一年又一年，怎么人人都撞上了爱情的好运，唯独我孤家寡人？但就在某次喟叹之后，一个丽人神话般出现了。我们看保罗·德尔沃的画风，多少和马格利特有些相像。这是不是因为他们都是比利时人，骨子里都有某种拘谨和保守？更重要的一点也许是他俩有一个共同喜爱的画家——乔治·德·基里科，他们都视基里科为前辈引路人。在这三位画家的作品前，我们会有一种——不由自主——进入一篇小说里的奇妙快感。无论是基里科的《一条街道的忧郁和神秘》，还是马格利特的《吃鸟的女孩》（阿根廷年轻小说家萨曼塔·施维伯林有一篇同名短篇小说，小说集也是这个名字，我敢说她一定深受马格利特的影响！）或者是保罗·德尔沃的《街上的男人》都充满了小说的意境和戏剧的冲突（潜在、隐藏的）。他们各具风格，而又有着同一种诗学和调性。他们的作品都是有序的、对称的，同时也散发着幽眇、寓言般的气质。他们以古典的笔法注入现代的、梦幻的气质，使得我们能随时入画。保罗·德尔沃的画作里女性很多，每一位女性都像一个梦或一个离调的音符，但旋律一直在行进，时而独奏，忽而交响。据说保罗·德尔沃与母亲的关系颇为特殊，小时候母亲曾告诫他：远离除她之外的任何女性……天哪，做母亲的何故如此？这叫成年后的画家如何正常地面对人生？

*

午睡时分，安静如眠，我走在一条陌生的街巷里。周遭寂静得可怕，所以我脚步放慢，尽量不搞出大动静，以防阁楼上的窗户纷纷打开，所有的目光齐刷刷地射向我这个行迹不明的外来人。偶尔，我停下，眼望头顶。奇怪，无垠的天空，只有一朵移动的云彩，几滴“鲜红”正从云彩上落下来。也许酷热难耐，头晕目眩，是幻觉吧，我想。等我再次抬头看，那朵云彩倒不再有“鲜红”往下滴了，可是云彩的正中间出现了一把匕首的图形！我不顾会不会吵醒街上的人，加快脚步（弄出动静），想迅速离开此地。可我发现那朵匕首图形的云彩始终紧紧跟随着我……结果还算幸运，“匕首”慢慢变成了一朵“玫瑰”。于是我这样想：刚才滴落的几滴“鲜红”肯定不是“匕首”

刺痛的鲜血，而是“玫瑰”流下的眼泪。后来，如你所料，在午睡的街巷还没醒来的时候，在街角的阴影里，我遇见了一个手持匕首的女人和一个手拿玫瑰的男子。他们相互追逐，似仇人追杀，又像欲爱游戏。烈日阴影下的一幕荒诞剧。直到匕首女和玫瑰男同时发现了我——这个行迹不明的外来人——他们才戛然停止了追杀、游戏或表演，踩着猫一样的步伐接近了我。时间仿佛凝固住了。

“我们能看看你的勋章吗?”

玫瑰男和匕首女异口同声地说，他们俩就像是一对急性子的连体婴一样重重地压在我的身上——我有点恶心，也有点兴奋——他们仔细地检查着我的勋章。正在这时候，街道上恢复了往常的热闹，每个人都从睡梦中醒来了。

*

在早期美国经典黑色电影《夜阑人未静》中，玛丽莲·梦露奉献了她的处女秀，饰演一位黑老大的情妇。让－皮埃尔·梅尔维尔对这部电影及其导演约翰·休斯顿颇为推崇，这份欢喜和崇敬可以在他的《红圈》《大黎明》等电影里看出来。这两位导演之间的关系，使我想到小说家马尔克斯和胡安·鲁尔福。“街道上尽是一些比夜晚还要黑暗的东西”，《夜阑人未静》里的这句台词很像一些小说家笔下的开头，以此拉开了故事的序幕。

*

在约翰·休斯顿的另一部经典影片《马耳他之鹰》的结尾之处，一干人等在一间屋子里等“黑鸟”飞来。困的困，睡的睡，东倒西歪的。只有罪犯大头目（肥胖无比的西德尼·格林斯垂特饰演）在翻看一本什么书，不困倦，不急躁，一副稳稳妥妥的模样。《夜阑人未静》里的“博士”（此称呼表明他犯罪技巧高明）刚出狱，有人问起他的牢狱生活，他说基本没受什么苦，由于良好的表现，他在里面做了一名图书管理员。这么看来，这些黑社会大佬之所以能上位，那都是跟书籍有关系的。至少书籍使人安宁——安宁令人思想——思想开启智慧——智慧令人笃定——笃定意味成功。然而，这些黑色电影，无一例外，主角眼看就要成功了，但结果都遭到了宿命般的失败。就像《夜阑人未静》里的“博士”，他完美地干完了最后一票，如果穿过边境，就能过上自由的生活。但就在边界地带的一个酒馆里，他被一个在投币唱机旁想听歌又苦于没有钱币的美少女吸引。好心又迷恋青春美好的他帮女孩付了钱，而后在欢快的音乐里，他与大家一起跳舞狂欢。正在忘情舞蹈时，警察赶到，把“博士”带走了。

*

尹奈尔小姐突然问我：“你说周星驰喜欢劳伦·白考尔吗？”

我说，怎么会这么问？她说《江湖侠侣》（1944 年上映，原著海明威，改编福克纳）里白考尔的表演，无厘头式的搞怪和幽默同周星驰的简直如出一辙。

*

我乐意去新街口那家旧书店（中国书店）淘书（从 1995 年至今）。还有一个原因是我在那里淘书的时候，能听到一些店员们的高声神侃，虽然搞不清楚他们聊的具体内容，但那个氛围叫人“享受”！一般来讲,在书店里听到有人喧哗总令人反感，但在这样一个国营老书店，听他们高谈阔论（似乎每个国营旧书店都有一两个特能说会道的店员，东四那家有一个更甚，嗓子哑得几乎要报废，还在不停地说）真心不错的，书香气夹杂着市井味。你或许会说，“这样乱哄哄的氛围，哪像书店，完全是一个澡堂子嘛!”二十世纪九十年代，离这家书店不远，还真有一个大澡堂子。那时候,隔三差五地我总去澡堂洗个澡搓个背,清清爽爽、舒舒服服地再到中国书店——看看,淘淘,听听——选出几本书。然后回到租住的斗室，旋即进入另一个时空。

*

重温了经典好莱坞西部片《正午》。有人却说此片是最反西部片的西部片。影片开始，我们听到的是一首好听的叙事歌曲，通过歌曲的叙述，我们大致就知道了整部片子的故事和主人公的内心活动。歌曲节奏疏朗，旋律缓慢行进，一个鼓点重复着，重复着，像寂静的心跳，预示着不安和即将到来的风险。照我听来，这是最不像西部歌的西部歌。影片里有个小喽啰，有点面熟。一想，原来是前些天看约翰·福特的《双虎屠龙》，他在里面出现过。一名出色的演员：李·范·克里夫。

*

很快，我们便生起了火。在火光的映衬下，你眼角泪痕不小心泄露了一个秘密。海风吹来一个声音：离去？归来？还是两者之间一次高潮的暗示？当它越来越接近我们的时候，一个又一个战栗的休止符。夜晚的海滩寂静无边。恍惚有一个破锣嗓子在不远处唱起一首经典的情歌。当潮水渐渐退去的时候，一颗星星奇亮无比，哈哈，我们看见了一个裸泳者。他正奋力地向我们游来呢。但此刻没有水，他只能趴在原地，以蛙泳的姿势伸展他疲乏而快乐的四肢。奇怪，刚才我们是怎样燃起火的呢？没有燃料没有火种，只有无边的寂寞和仿佛从久远年代滚滚而来的潮。

“再见啦，祝你们好运！”

有人愉快地冲我们喊道。不知道是那个裸泳者，还是那个破锣嗓子，或者他们本是同一个。此刻，一个浪头又把他打了下去。瞬间，那颗奇亮无比的星星不见了。而另一种潮，又开始悄悄地向我们袭来。

*

《赤胆屠龙》里面有一首乐曲夺人魂魄！黑社会头目要求酒吧里的乐队一整天反复演奏此曲——夺魂曲。这预示着他想制造一起人命关天的事件，以此作为行动的引子。曲子的主旋律由小号手吹出，弥漫着一股幽冥般的味道。奇怪的是，片子里的二号角色——那个为爱所伤、酗酒沉沦的帅气警员，一听到这首绝望的催命歌，不但没有消沉，反而变得镇定，像是给他灌输了一种奇异的力量，手不发抖了，甚至酒瘾也没了。这或许正是音乐的力量。电影里，为了消闲，这个帅气的警员与他的搭档——瘸腿老警员、少年跟班，自组乐队也唱了几首乡村歌曲，少年弹吉他，瘸腿老警员吹口琴。不过我对这些乡村歌曲无感，还是中意那曲爵士味道的《夺魂曲》，听到里面隐藏的东西和显现的一样多。

*

一个其貌不扬的男人在单身公寓里醒来，在一段轻快的弹拨乐曲中，走向镜子——看样子他很在意自己的形象——非常仔细地“收拾”自己。他是要去应聘一份工作——雇佣杀手。为何要做杀手？因为要过生活。他冷静、从容，极有耐心，彬彬有礼。你听，他还有一套属于自己的人生哲学——

> 报纸上尽是一些杀夫案、杀童案之类的，这样的犯罪都是出于冲动，疯子才会这么干！那些小子杀掉加油站的工人，只是因为他们打开收银机不够快，这是另一种疯子。两种都会被抓，因为他们从不计划，也不会计划。不过即使计划了，也没什么用。唯一安全的杀人方式是一个陌生人杀掉另一个陌生人，没人会将受害人和凶手联系起来。那么为什么一个人会杀掉自己不认识的人？因为有人愿意给钱！这是交易，跟其他的交易没什么两样。

这名饰演杀手的演员叫文斯·爱德华兹，有点儿肌肉男的感觉，但也有一种说不出来的魅力。此前，他在著名导演库布里克的《杀手》里跑了一个小龙套，饰演一个水性杨花女人的小情郎。有人说，永远不要低估一个跑龙套的。为了影片一开始那段迷人的弹拨乐曲，我建议你找时间看一下这部《合约谋杀案》。那段乐曲的旋律、节奏都很简单，甚至有些似曾相识，但它像个线索，会牵引你摸索、探究些什么。

*

正是因为这名魅力肌肉男文斯·爱德华兹，我们重温了库布里克的《杀手》。酷爱黑色犯罪片的观众都有一个共同的心理，那就是我们总担心这些犯罪分子会“出事”，我们希望他们成功，把这最后一票干得漂亮！但因为是黑色电影，他们注定是要失败的，这也是现实的宿命悲剧。所以，吸引我们的是“究竟是什么原因,使得即将到来(好不容易)的成功,泡了汤”。这,看起来很揪心又很过瘾。男主角强尼在牢里待了五年出来，一出来，刻不容缓，又开始和同伙们谋划一场惊心动魄的大事件。这令深爱他的女人担惊受怕，但她跟定了这个男人，所以也就无可奈何。她的一句话，让人绝望：这些年来，我觉得不是你关在里面，而是我被关在外面。

*

西班牙导演布努埃尔小时候也是一个音乐迷。(但他父亲告诫他“从事音乐这一行业，你会饿死!”）他一探听到过些日子将有巡演乐团要到他们家乡小镇演出的消息，就极其兴奋，马上告知小伙伴们，无比期待那一天赶快来临。不仅如此，还找出巡演乐团要出演的曲目歌单，每天大家一见面就学唱那些曲目，仿佛到时候要上台的是他们！即便这么热爱音乐，布努埃尔却在自己的影片中,都尽可能地不用音乐去做渲染和烘托，如果要有音乐响起来，那是正好有街头艺人在演出，或者他吩咐演员走去自动点唱机。

*

绍兴友人钱华君由于种种原因关闭了经营多年的“南方书店”。这令许多爱书人心情黯然。幸运的是，一年多之后，他又在一块很迷人的地带——八字桥（世界第一座立交桥）旁边开了一家“荒原书店”。书店对面是一座天主教堂——

“翻开一本书，

“听到传来教堂的钟声，

“看到从八字桥上走下来一个老熟人。”

我脑海里常会出现这样一幅优美的画面。荒原书店开张时，我写了一句话祝贺钱华君——

“正如黑暗是光明的秘密居所，

“那么，从荒原（书店），

“你能直接，

“抵达绿洲。”

一次朋友几个沿着绍兴沿河老街道散步，钱华说，往后书店可能也会养只猫。我说太好了，给它取名：荒原狼（黑塞同名小说）！钱华说，好！我又说，如果你养两只，那就“荒原太郎”与“荒原次郎”。大家开怀大笑，赞同。钱华君是一位低调、本分的读书人，在这个独立实体书店纷纷倒闭的年代，他拿出所有积蓄开了这家规模不小的书店。他说自己没什么特别大的理想抱负，只是想给自己找一个灵魂避难所。你看他取的书店名字“荒原”，就可以感受到他心底的一种坚持，一种孤绝和悲凉。这种坚持，也像是一种纯文学般的坚持，与商业、市场毫无关联。其调性一如艾略特的同名长诗《荒原》的开篇格调——四月，是残忍的季节。这几天我重读胡安·鲁尔福的《佩德罗·巴拉莫》，得知西班牙语“巴拉莫”（Paramo）也是荒原之意。

*

爱尔兰作家威廉·特雷弗的短篇小说《小生意》，画面感奇强，像一部黑色电影。书内两个小偷趁小镇上的人全部挤到某公园一睹“教皇”风采的时候入户行窃。平日喜欢看一些早期好莱坞的黑色犯罪片，比起影片中那些具有“博士”气质的高明罪犯、动辄窃取几千万上亿的江洋大盗，这两个小偷的行为还真是“小生意”。作家描写他们的心理动机、行为举止，如在眼前晃动，从他们出发、作案、销账，到泡妞，精彩纷呈、笑料百出。虽然他们只是做点“小生意”，但他们泡妞时却吹牛说自己是个大流氓、是抢银行的！他们还提到那部由保罗·纽曼主演的犯罪大片《虎豹小霸王》呢！

*

“万物要保持永恒就必须做出改变。”电影《豹》里的台词，阿兰·德龙说出。

*

闲翻《庄子》。看到这本口袋书的扉页有买书时的笔记。那是2012年11月2日随大部队去云南普洱参加演出，闲暇时跑去一家“新知书店”购得的。当时人生地不熟，也不知这座知名的边陲小城哪儿有书店。上网查找时，正好看到微博上有当地歌迷留言，大概是说终于有机会在他们家乡看到我们去演出了。我就问贵地哪儿有书店？一位叫M的热心女孩告诉了我书店地址，还在私信里留下她的手机号码，叫我如果找不到，或者还想去哪儿逛逛老街旧巷子的，都可以联系她，她很愿意帮我的忙。我点击M的网页，看见她一头短发的头像，和年轻的汉娜·阿伦特十分相像，不瞒你说，当时我蛮心动的。

*

“我在旅行时，总是带着几本书走的。带些什么书呢？大概是一本诗集，杜甫的，或是陆放翁的，一部《老子》或《庄子》，再加一本《聊斋志异》或《史记》之类的。老实说，我看书看电影，有如别人抽香烟，只是消遣，教训意味太重的，就受不了了。”这是曹聚仁先生的读书随想。我旅行的时候除了上述曹先生说的那几种，也喜欢带他的《书林新话》《书林又话》和《书林三话》其中的任何一册。

*

江南。梅庵镇。初到。租来一头听话的瘦驴，一口气骑至凤凰岭。不知什么时候，小雨淅淅沥沥下了起来。一棵杏树下有一男一女在避雨。看上去，男的有一股阴柔的气质，温和、略显紧张。女的倔强又有愁怨。他们似乎在斗气。他们是在斗气，一场男女斗争蓄势待发。

“借个火，有吗?”树下男人朝骑驴人喊了一句。雨水打湿了我的额头,听见杏树下有人喊我,我赶紧下驴,不料摔了一跤。我想我的样子一定又滑稽又狼狈，因为我看见杏树下那个愁悒的女子忍不住咯咯笑了起来，笑得弯下了腰。我牵着瘦驴走到他们面前，从衬衣口袋掏出火柴。嚓！就一下，泛潮的火柴竟然奇迹般地划着了。一驴三人在杏树下沉默了半天,烟雾缭绕，春雨绵绵。我重新跨上驴和他们说再见,他们也微笑朝我挥手。看他们完全没有了刚才的剑拔弩张。瘦驴一阵小跑，很快地，我就翻过了凤凰岭。天也放晴了。夜幕降临，跟随一只低低飞翔的倦鸟返回。杏树下不见了他们，却见一只野兔倏地跑了出来，没了踪影。翌日。早上。我从旅店醒来，去天井打水洗脸。奇怪，看见了那女子！正帮着旅店老板干活儿，还冲我莞尔一笑，哦，原来是店家老板的女儿。猛想起昨日从驴背摔下的那一跤，颇觉害臊。可是那问我借火的男人呢?怎么没见了?他去了哪里?难道他也是一个和我一样，来去匆匆、形迹可疑的旅人？咯吱，楼上一扇窗户推开，探出一个脑袋，她用北方话问店家：这里离凤凰岭有多远，要骑驴去吗？

*

马斯楚安尼谈及两位同胞导演（安东尼奥尼和费里尼）时说：“回顾以前的拍摄，他们两人有着相似的创造性，但两人的工作方式不一样。与安东尼奥尼拍摄就像给别人做一场心脏手术，而与费里尼一起就像参加一场野餐。”这正如安东尼奥尼自己所说，费里尼在电影里更关注人们的外部生活，而他则关注人们的内心世界（他们行为背后的原因）。但是尹奈尔认为，在费里尼的外在“行为”里，观影者也能捕捉到其内在深处的隐秘。费里尼说他的导演直觉来源于艺术、各种生活、马戏团、意大利面还有性……而米开朗琪罗，费里尼认为他更多的来源是文学。最清楚这一切的是另一个重要的人——安东尼奥尼遗孀——她做了一个总结：“他们就像一枚硬币的两面，常人看起来是对立，但实际上却像孪生子，尽管他们自己没有意识到这一点。”

*

《乡村牧师日记》里有三句台词总会让我想起。

1. 在这个世界里，晚上的放纵可以使白天的努力全部白费。

2. 现在，开始工作吧，从小事情做起，小事情看起来微不足道，可它却可以给你带来平静。

3. 人类的智慧通常只有少数人知道。

*

罗伯特·奥尔德里奇的电影《大刀》，如名字一样，剧情、故事的进展都让人觉得有些怪异。主演是好莱坞大明星杰克·帕兰斯，他的面相很亚洲，甚至有点蒙古人的模样。查了一下，难怪，原来他是乌克兰裔。故事讲了一位好莱坞动作巨星的事业与感情困境。电影像是一出舞台戏，从开始到结束，经纪人、八卦记者、私人助理、老板都在主人公的豪宅里出出进进，所有的矛盾、冲突，都在这里曝光上演。这是作为公众明星要付出的代价——没有私人空间，所有一切都亮相在人们眼皮底下，除非……最后男主角不堪重负，自杀了——这没让任何人看到——在摄影机从未带我们进入（上去）的二楼。这不可见的二楼，是男主角和妻子唯一的私人活动空间。对于我来说，这不可见的二楼，是整部影片最吸引人之处。

*

波兰斯基自导自演的电影《怪房客》。开始比较吸引人，后来感觉有些不太舒适（也许是自己的心理状态没有及时跟上片子的节奏）。影片里有一个段落是波兰斯基和伊莎贝尔·阿佳妮去影院看李小龙的电影。在李小龙勇猛精进的打斗中，阿佳妮不知不觉有了性欲，她骚动不已，把手伸进了波兰斯基的裤裆。这，当然是后者抵挡不住的。于是在黑暗中他们疯狂起来……我们能理解，他们何故急不可耐？因为不久前，阿佳妮的一位好友跳楼自杀了。面对死亡，他们空空荡荡，万分虚无，而李小龙的生机勃勃又充满了生命力的迹象、爱欲的搏动，他们必须以性来获得某种平衡，以证明自己还活着。而性，本来也是忧伤的、虚无的、空空荡荡的。

*

看了另一个版本的由海明威短篇小说《杀人者》改编的电影。（塔可夫斯基的毕业作品《杀手》、伯特·兰卡斯特与艾娃·加德纳主演的《绣巾蒙面盗》也都是改编自海明威的这篇小说。）何故这些导演对这部小说这么感兴趣？小说本身精彩暂且不说，其他原因就是海明威的“冰山理论”（小说家写出来的只有漂浮在海面的冰山的八分之一，其他八分之七在海面以下是看不见的）能给导演们很多加以填充和创作的空间。这部“杀人者”由约翰·卡索维茨和李·马文共同主演。美国前总统里根也参与了演出——饰演里面的黑社会头目。女主角是金发美女安吉·迪金森，她周旋在卡索维茨和里根之间，性感也纯真，实际上是一位蛇蝎美女。约翰·卡索维茨本人就是一位著名导演，魅力十足！法国歌手热拉尔·达尔蒙有一首充满了电影气质的歌曲是献给卡索维茨和他的爱人吉娜·罗兰兹的——

> 电影院的夜场，
> 如酒窖里播放着爵士乐
> 在那些抹去胭脂的午夜深处，那些女子高贵，却如沉船，
> 告诉我，吉娜，他是什么类型的人，
> 告诉我，吉娜，这位约翰·卡索维茨先生……
> 永远在权势下生活着的女人啊
> 她们的影子一个比一个好看
> 哭着唤来的一辆的士到被照得
> 惨白的时代广场吧
> ……
> 首演之夜，荣耀颂，有夫之妇，古怪的出版人
> 告诉我，吉娜，他是什么类型的人
> 告诉我，吉娜，这位约翰·卡索维茨先生……

歌曲后面所唱到的“影子”“权势下的女人”“首演之夜”等等这些词汇，喜欢电影的朋友都知道，都是约翰·卡索维茨导演的电影。

*

罗纳德·里根当演员时，似乎没有正儿八经做过主角。这份“坏运气”一直延续到他做了总统之后。那天电视台要来总统府拍摄“总统私人秘书的一天”，在拍摄末尾，例行公事般，也让秘书的老板（他）在镜头前亮一个相。里根无奈道：“Well,they still got me playing bit parts.”（他们始终让我做跑龙套的角色）可悲的还有，当他作为共和党人坐上总统宝座才第六十九天，就像拍电影那样遭到刺杀，只不过这次可是真枪实弹——子弹击中肺部，造成严重的内出血。不过尽管如此，他还一直保持着乐观、睿智、幽默的演员般的心态，当时总统夫人南希赶到医院，他说的第一句话是：“亲爱的，我一时忘了蹲下去了。”而就在手术台上动手术取子弹的时候，他继续散发着演员的魅力，他抬头跟手术医生、护士们央告：“请告诉我，你们都是共和党员！”主任医师配合着表演：“请放心，在这种情形之下，我们全体都是共和党人。”

*

一位美国作家在八十年代时访问法国。法国友人问起，为何他们会选择一位演员——里根——做总统？美国作家说，这是不可避免的事，因为美国人民对电影明星的崇拜到了神经错乱的地步。而且自从电影出现以来，就一直渴望有一个广受女影迷喜爱的男演员来驾驭国家之船。但也有人说，实际上很多作家，他们的行为、做派也很有演员、明星的派头，这些被包装过的作家，出入各种交际场合，包括官场、总统府，与明星无异。可不，上述这位美国作家刚和友人说完那番话不久，马上就被法国总统密特朗以及娱乐界其他重要名流召见了。

*

卓别林最喜欢的油画是梵高的《一双鞋》。看他电影里的主人公不停地行走和跌跌撞撞，就能获悉他为何喜欢这幅作品。他说他拍喜剧的方式是“让人物陷入麻烦又让他们从中走出来”。如是，他很在意自己的步调和方向感，无时无刻都要知道他的演员（包括自己）踩在什么方位之上。

*

曾国藩讲中孚卦䷼（风泽中孚）“人必中虚，不着一物，而后方能真实无妄”。

且看此卦象，若喻一个人，内在是虚空的，有虚静清逸之感。仿佛无有记挂，无所索取。然胸有成竹，十分笃定。虚极之处，气象万千。《呻吟语》之“应物篇”也有“中孚卦”之解，对着文言文，我有了自己的理解：中孚这一卦，真乃妙极了，世上（天下）万事万物的形成、发展，如果不是以你的内在诚信去感化，毫无私心地付出，如何形成之？母鸟孵卵，就叫作“孚”，它由“爪”和“子”构成，母鸟以整个生命的能量和柔情，借由“天机”——子随母化，这怎能是靠外在的声色造作呢？这本口袋书大小的《呻吟语》我是2015年10月3日在长沙闲游时，在一家旧书店购得的。实际上两年前我逛这家书店时就看到过这本书，但翻了翻没有买。后来再去这家书店，不是我看到它，而是身处原地的它（左右夹着它的依旧是金性尧和梅里美）再一次看到了我！于是我就觉得有必要将它带走了。中孚卦有一句音乐般美感的爻辞——

鸣鹤在阴，其子和之；我有好爵（酒），我尔靡之。

*

《呻吟语》有一篇讲“浩然之气”和“浑然之气”。孟子，浩然；孔子，浑然。如果按“一阴一阳之谓道”来说，浩然（孟）定为阳，而浑然（孔）断为阴。但我认为，“浑然”里面，其实本身就有阴阳的平衡。所以孔子是圣人，孟子为亚圣。

*

卡夫卡日记里有一句：“寻找拯救的人总是匆匆朝女人扑去。”简短一句，真实又荒谬，可怜又悲怆，肉欲又感伤。拯救两字，总会使人联想到上帝、忏悔、宗教和信仰，然而与之相关联的也是堕落、放荡或者女人……所以有一些老学者提出来，在虔诚和放荡之间一定有很多值得人们研究的东西。我时常想到这样一个画面，一个孤独的旅人在异地闲荡，不知不觉走进一座教堂。在里面，他安宁，虚静而充实。不久，他走出来——怪哉——刚刚绕过一条街，就迎面看到一家青楼，他稍微犹豫了一下，便走了进去。有人问，那他从青楼出来之后还会绕回教堂吗？这我怎么知道，我又不是他！

*

《随园诗话》里有句："梦中得诗多忘却，推醒姬人代记诗。"我也常常梦中哼曲作句，真切鲜明，乃醒来，全盘忘却，难免遗憾。然而，梦，本身就是憾事一桩。所以人生喟叹：犹如梦一场。不过如袁枚所写，在梦中诗句涌出时，真有气力与精神头推醒旁边的妾叫她记下自己的口述吗？这画面真是生动有趣。袁子才总是写这种与美人共枕还不忘诗篇的句子，还有那首深受卡夫卡推崇，以此跟未婚妻菲利丝说明"婚姻有多可怕"的《寒夜》——

寒夜读书忘却眠，锦衣香尽炉无烟。
美人含怒躲灯去，问郎知是几更天？

卡夫卡真是个怪人，他一边与菲利丝表达无尽的爱意，一边又设想婚姻的种种不堪，他与菲利丝谈这首中国诗，大意是说，诗里这个愠（嗔）怒的女子与书生只是一时之好，抱怨他只知道看书而不上床与她缠绵温存；但我们设想，如果他们是长久夫妻，一辈子都重复着这样的夜晚，就毫无浪漫可言了。

*

“慎风寒，节饮食，是吾从身上却病法；寡嗜欲，戒烦恼，是吾从心上却病法。”《蒙养书集成》第一百七十三页。

*

忘了从前有没有看过胡金铨导演的《山中传奇》了，是由书生气十足的演员石隽主演。应该是看过的，但保不齐看的过程中睡着了。他的片子虽然动辄就武打起来，实则阴气较重，容易使人犯困。午饭后，阳光暖暖，我找出来看，依旧又睡着了。依稀记得影片里的石隽也睡着了，他梦见了另一个世界里的鬼魅传奇。我应该比石隽早一些醒来，所以当他醒来时，我并没有“哇，虚惊一场，原来是场梦！”这种松了一口气的感觉，反而知道在下面的时间中，他将要进入刚才在梦中所遭遇的一切了——梦是征兆和一次即将到来的真实事态的演习——这真叫人替他担心。胡金铨的电影，中国古典气韵浓郁，仿佛一位山水画家的写意描摹，充满了虚无的气息。有时候看他的电影，仿佛走入山中，山风吹起，涧水涤荡，时间静止，鬼魅翩跹。山路浓阴下，行脚人一不小心就跌进梦中。醒来，似乎又没醒来，因为接下去所经历的，正是刚才梦中所呈现的一切——梦是唯一的现实。

*

昨天买的几本书都很有意思，其中有日记两册——艾青的《旅行日记》和施蛰存的《闲寂日记》。无需从头到尾细细读之，偶尔一翻——风吹哪页读哪页——也是妙意无穷。

闲寂，旅行也；旅行，也闲寂。

奇怪的是，今天我再找施蛰存这本，怎么也找不到了，难道昨天坐地铁回来时，兴致勃勃地翻看新买的一大堆书，不小心掉下座位了？艾青的这本旅行日记写于1954年，那年夏天他受邀前往智利参加著名诗人聂鲁达的五十大寿。我随手翻到一页令我激动地睡不着觉，那一页艾青记聂鲁达陪他看了展览，又去国立图书馆坐了坐，随后说："现在到我家去，一会儿有一对法国夫妇要来看我，他是世界著名演员Jean-Louis Barrault。"我最喜欢的银幕形象之一就是马塞尔·卡尔内《天堂的孩子》里的白衣哑剧人，他正是由Jean-Louis Barrault（让-路易斯·巴劳特）扮演。

*

这些天读森茉莉的随笔文集，非常喜欢。今天读到《反人道主义颂》这篇，明白真不是无缘无故就喜欢、投缘的，这其中一定有神秘的缘分，甚至友谊（我太一厢情愿了），不然何故审美、情趣如此接近？几乎一模一样。所以，这位1987年（八十四岁）去世的日本作家，我感觉她依旧近在身边，傍晚散个步，去街区咖啡馆、小书店转转，兴许就能碰到她。在这篇文章里她对一些所谓的人道主义、文坛、知性等“假、大、空”的东西进行了毫不留情的开涮，一句话：你们都别给我装！她说真正的美女不会摆美女的架子，真正的知识分子也不会摆知识分子的架子。还“微词”了一下卓别林，说他“伟大得过了头”而成为“伪知性”。“在饰演凡尔杜先生这些角色的时候，他是一个演员；但自从他被冠以‘哲人卓别林’之类的称号后，我就不看他演戏了。”说到查尔斯·阿兹乌纳尔、让·伽本、雷内·克莱芒、碧姬·芭铎、让娜·莫罗、米歇尔·摩根……他们每一个都充满了真实的人性魅力。她讲到米歇尔·摩根的故事，尤其令人动容。战争期间，米歇尔·摩根因与敌国的男子坠入情网。战争结束后，她的爱国心受到质疑，但她在法庭上的一席话，博得全场热烈的欢呼，令状告者哑口无言，她的爱国心很快被认可——

“我的心忠于祖国法兰西，但我的屁股是国际性的。”

森茉莉还说到法国国宝级歌手查尔斯·阿兹乌纳尔（亚美

尼亚籍）虽然儿时贫困，但并不以平民做幌子、炫耀自己的平民身份，在他的歌声（唱歌的神态）中，他儿时在街头捡面包屑吃的那段生活和后来在巴黎的风雅生活、气质融为一体，“从头一直渗透到脚尖，宛如芳香洁白的花朵”。

*

看了一部国产老电影《黑炮事件》，黄建新导演，是由张贤亮小说改编的。主演的样子很熟悉，是位老演员，但叫不出名字，查了一下，叫刘子枫。他——形象气质——似乎专为这个角色而长成这个样子，带入感太强了。怎么会有这种感觉？因为他又是如此地普通，但正因为普通，所以就融化在这个角色里头了。就像一件很熟悉（平凡）的事物明明就在你面前，可是你通常会忘了它的存在一样；或者也像生活在海边小镇的人也通常都听不到海浪拍岸声。电影从头到尾真实，也荒谬，还有些搞笑——因为剧中人不苟言笑。里面有一段疯狂激烈的迪斯科表演，伴奏音乐是曾风靡一时的《阿里巴巴》——“阿里阿里巴巴，阿里巴巴是个快乐的青年，嘿嘿哈哈……”跳舞的那个人扎着红头巾，瘦得像竹竿，但舞姿很疯狂很抢眼。他是谁？原来是后来以唱《大花桥》成名的大胡子光头歌星火风！不看后面演职人员名单，真不敢相信，前些年据说他出家了。如今他的儿子通过选秀当了歌星，也很瘦，形象颇为女性化。

*

今日（2016年5月4日）身体略有恙，但还是去录音棚录唱了四首歌曲（《爱情万岁》专辑，乐器部分已经录制完毕）。身体欠安但又不很严重的状态，有时候反而更能进入到一种歌唱的情绪里，一丝倦怠（厌倦），使得表达更加沉稳、收心，还有一种“沉醉在自己的软弱里”的感觉。编曲者、制作人柳森说：“钟啊，你今天唱歌的状态很好嘛!”从前他很难得夸赞我。我记得，2012年录制《欲爱歌》这张专辑时，为了音乐上的一个小问题，我和柳森发生争执，有了情绪，两人小吵了一架，搞得我心情黯淡，陷入很“没劲”的状态。可是，工作还得继续，还得继续录人声——之前都是我在棚内唱，柳森在外面音控台监唱，指出哪句不是很好，需要重录。但在情绪之中，他闷声不响——可是在这种灰色黯淡的状态中，我的声音却出奇地稳定，一丝“难过”，反而使我更加进入到歌曲里，结果录出来的人声也出奇地好。当然那次他在气头上，并没有夸我。

*

自读了叶灵凤的《读书随笔》，又读了他的《书淫艳异录》，最近买到了他的《香港方物志》。叶灵凤大半辈子都居住在香港，故把香港当作了第二故乡，用他独到的眼光对香港的人文地理、人情世故展开研究，但他的研究又建立在掌故和趣味的基础上，所以读起“方物志”来很轻松，余味悠长。他当时与妻子、儿女还有岳母，加起来十多口人住在香港。这一大家子的生活开支全靠他的一支笔。当时没有传真机，更没有如今的网络邮件，所以每到截稿时间，总有好几家报社的工友站在“叶宅”门前，排队静候他的稿件。这个场景，太美好了。叶灵凤的读书随笔素朴至极，每次读起来，不仅使人长了见识，也领略到了他下笔时的从容简静，养心养气。

*

收到“联邦走马”寄来的一本装帧非常特殊的小书《请你种下这本诗集》。里面有八个小纸袋，纸袋外面是一首诗，纸袋里面是与诗相应的菜籽和花的种子——小南瓜、加利福尼亚原生花、欧香芹、夏斯塔雏菊、胡萝卜、香雪球皇家毯、金盏菊、生菜等。读着外面的短诗，晃动里面的菜籽，带着节奏（沙锤）般的声韵，很迷人，真叫人有去种诗的愿望。金盏菊纸袋外面这么写——

我的朋友们忧心忡忡，
他们说这世界快要完蛋，
说那些黑暗和灾难。
我总是静静地听，
然后说：不，还没完蛋，这才开始。

就像这本书，才仅仅开始。

诗人名叫理查·德加里·布劳提根。原来他正是《在西瓜糖里》的作者。“西瓜糖”这本薄薄的小说很奇特，仿佛是作者的一次神秘夜游或灵魂出窍，充满了明媚的隐喻，像童话，又像诗篇；贞洁的，可又弥漫着情色的浮动。文字的进行仿佛是作者任意而为，但又像是经过一次次的反复推敲。

*

《在西瓜糖里》这本书，究竟讲了些什么，或它藏有什么寓意，我总说不上来。尽管如此，我总被它一次次吸引，深陷其中，仿佛着了魔一样。着魔者，很难讲清楚他的内心感受，更没有办法梳理“一份报告”给别人看。温情冷酷并存，现实童话对抗。里面有一个章节“我的名字”，“我”叫什么名字，取决于你，很有趣。说了什么，又好像什么也没说。这，不是很好吗？

我猜你一定好奇我是谁，

但我是没有固定名字的人，我的名字取决于你，

比如：如果有人问你一个问题，你却回答不了，那就是我的名字……

临近午夜，火在炉子里摇晃，像一只铃。那就

是我的名字……

也许你正躺在床上，马上就要入睡，你笑了起来，

一个跟自己开的玩笑，一种结束一天的好方式——

那就是我的名字。

*

一个寓言：一个画家，穷尽一生去画一只老虎，画得那么逼真，以至于老虎走下画布，吃掉了画家。

*

一部叫《沉默中爆发》的六十年代好莱坞电影，它的电影海报颇有皮埃尔·梅尔维尔的气息，画面中的男人轮廓很像利诺·文图拉（我一度以为就是他！），他出现在梅尔维尔电影里很多次，最早是犯罪片大师雅克·贝克在一家拳击馆里发现他的。他沉默寡言、块头健硕，跟阿兰·德龙、贝尔蒙多、伊夫·蒙当那样酷酷的演员完全两码事。但他身手敏捷、头脑冷静、性情也温顺。说了那么多利诺·文图拉，可这部《爆发》跟他一点儿关系也没有。这部电影的导演和主演为一人，叫艾伦·巴隆，从头到尾不停的画外音解说也是他本人。看样子，拍这部片子的时候，经费预算很不够，所以他自己把能干的都一手包办了。这部电影最让我印象深刻的是两段乐队的演出。第一曲是一个

康加鼓手做主唱，歌曲内容倒是一出上好的戏，音乐风格很有西班牙味道，也许是要衬托一个女人——要被主角（杀手）干掉的八字胡男人的情妇——她的模样很像西班牙女郎，在乐队的演奏中，她一直很兴奋。一开始康加鼓手这么唱——

一年前遇到一个女孩，
她知道所有应该知道的事。
灰色的眼睛，黑色的头发，啊宝贝，我无法忘记。
所以我穿着黑衣，永远穿着黑衣。
猫一样的灰色眼睛，仔细地寻觅。
一年过去了，每个周四的晚上我还会哭泣……

当歌手唱到“在雪白色的棺椁里，/一个冷冰冰的，黑色的裙子”时，另一首歌曲马上开始，节奏加快，钢琴似雨点。那个用刷子对着一个小军鼓的黑人鼓手像是在用一个热锅炒菜，从他表情看来，美味极了；低音贝斯拨弄琴弦飞快地像是在寻找逝去的什么东西；主唱越来越兴奋——

火焰橙色的天空，
金黄褐色的大街，
我要找到我的宝贝，
在这个燥热的城市。
她在边境离我而去，

骑着黑白相间的马……

唱到后面又是决斗和死亡的意象，乐队越是欢腾和激情，故事里的死亡脚步越是临近，无可逃遁。就像一首歌的结束是迟早的事，但沉浸在音乐里的人总认为音乐不会消逝，时间是无限的。

*

诗人、艺术家、导演科克托还当过一段时间拳击手经纪人。他代理的拳击手叫阿尔·布朗，是一位黑人运动员。科克托认为一些运动员的身手——闪躲、攻击、角斗、佯装……是诗的另一种表达形式，具有一种令人眩晕（光晕）的气息，富有诗歌的隐喻和想象。“人们要看摔跤，他们要的是打斗和流血，”科克托说，“可是，他（布朗）是一种高贵的风格，他不喜欢人们围着他转，他像一个幽灵，对手从来不知道他在哪里。”有很多人认为布朗的风格气质是被科克托催眠的，所以比赛的时候，对手方面强烈禁止科克托坐在第一排，他们觉得这个诗人像个幽灵用思想指挥着阿尔·布朗的每一次出手和闪躲。较之科克托更甚的是另一位诗人、小说家让·热内，他拥有一个走钢丝的同性情人，作为一个写诗的人，他却亲自训练情人各种高难度、高风险的动作。而他也陪着情人全世界巡回演出。这位走钢丝小伙子的人生结局令人唏嘘。

*

卡夫卡在其文章里写到过三只狗，分别是：“拽住它”“抓住它”和“绝不”。“绝不”是吉普赛种。其他两只是普通的小捕鼠犬。科克托在其随笔里写到过他的三只猫，分别是：“小破布”“开瓶器”和“娜娜”。另外我能想起来的（相对于狗，艺术家们似乎更爱猫）：画家巴尔蒂斯的猫叫“米特殊”；戴高乐的猫名字最普通“灰灰”；华裔法国画家赵无极直接将自己的猫咪加冕为“布布国王”；另一位画家保罗·克利的猫叫“宾波”；梅纽因时常为他家两只猫——“格雷特”“韩赛尔”——演奏小提琴；路易十四的猫叫“大将军”；我们一位友人苏玲女士（《世界文学》编辑部主任、翻译家）的猫叫“Marco”（马可·波罗简称，因其生性好奇、爱探险，后面有一篇文字专门写它）。我的朋友高乐亨（因有一两次“招猫逗狗”而受伤，以至非常惧怕猫猫狗狗），说了一句类似经典名言的话：

“你为你的宠物取了什么名字，我便知道你是什么样的人！”

*

但凡英年早逝的艺术家总会给世人蒙上一层哀伤而神秘的色彩。罗马尼亚钢琴家迪努·利帕蒂(Dinu Lipatti,1917—1950)就是这样一位音乐家，令乐迷和同行悲叹怀念。他二十六岁被诊断患上白血病，当时需要注射一种昂贵的针剂才能延缓生命，斯特拉文斯基、梅纽因等同行们都伸出援助之手。按照医嘱，利帕蒂需要大量休息，可为了那昂贵的针剂，他必须长期旅行演出以获得费用。最后他打算举办一场音乐会以答谢众多曾帮助过他的亲朋好友，但医生严厉警告这个时候绝对不能登台，朋友们也极力劝阻，但他“去意已决”。上半场好不容易结束，疼痛难忍，打了一针止痛剂。而后继续下半场，直到最后一曲……终于趴倒在钢琴上……两个月后离开了人世。可以说是因为在音乐里情感的汹涌澎湃加快地消耗了他生命的最后能量。利帕蒂的天鹅绝唱——上半场的曲目是巴赫《降B调帕蒂塔》、舒伯特《即兴曲》《莫扎特A小调奏鸣曲》；下半场是肖邦十四首（全套）圆舞曲。以后出于各种目的——怀念、致敬、商业、挑战——全世界很多钢琴家（有的也是主办方、经纪人操控）的演出曲目都是利帕蒂的“绝唱”，五十多年以来层出不穷。但普通爱乐者的目的比较单纯，不管是哪位演奏家在表演，他们只是冲着利帕蒂的“绝唱曲”而去的。

*

一部由玛丽莲·梦露和罗伯特·米彻姆（我偶像）主演的西部片《大江东去》，只看了十几分钟，我就毫不犹豫地把它关掉了。就像一曲音乐或一本书，不需要全部听（看）完才知道它们的好坏，也像高手出招，三两个回合，彼此心里就各自有数。尽管是偶像，但偶像也是凡人，也会出差错。你看他们

也时常后悔：哎，当年我怎么会拍摄那样的片子，真是瞎了眼啊；或者说，当年真是财（色）迷心窍啊。不过这部片子的开头部分梦露在酒吧里弹吉他唱歌的那一段还是蛮有看头的，调子不像美国乡村歌曲，反而有些欧洲民歌的味道：3.31277 | 1.76755 | 656456……（765 均为低八度）唱词的大概意思是，一个钱币在人们手里传来传去。不言而喻，歌唱的是一种生活的颓败和各式各样肮脏的交易，以及世人的贪婪和钩心斗角，所有一切都是命中注定，所有悲苦欢愉终将淹没在时间的长河里。歌曲后半段梦露咏叹式的喟叹，既带有一种局外人般的悲悯，又有着深陷其中的游离与挣扎。吉他最后戛然而止，是命运的突然转折，还是生活不可避免的拦腰截断？随你怎么想。

*

又看了一部罗伯特·米彻姆的电影——《魂断今宵》。故事情节简单，一开始我还担心偶像上当受骗（女色）。结果，我多虑了，实际上他非常明白，虽然身在此山中，但比我这个局外人更清楚事态的进展，好几次他的确想从“漩涡”里抽身出来，但也许他又不那么干脆决绝，最后还是把命搭了进去。这么看来，米彻姆饰演的这个角色还是暧昧的，他是一个很有魅力的男子汉形象，可又喜欢沾花惹草；既将一切看得清楚，但又让自己糊里糊涂。女主角由简·西蒙斯出演，她神秘、忧郁、多情、瘦弱，神经质外加小调皮。如此女子，是很容易让男人为之倾倒的。

*

我是在郑逸梅先生的一本记叙民国往事的书里看到“徐卓呆”这个名字的。这个名字一下子就让我觉得其人肯定很有趣！我想此名字应该是他自己后来改的，果真！卓呆先生体育、文艺样样精通，在清朝光绪年间就学会了徒手操、哑铃操等很多体育运动，借东洋留学之际还学会了狐步舞、探戈、华尔兹等舞蹈；因为热爱戏剧，他还和包天笑一起翻译苏联剧作。因为演戏，必定需要有人化妆，可是当时无人胜任，于是他跟随日本人学习化妆术。后来刘半农参加开明社（其时半农还是一个少年），在一出戏里饰演一个顽童，就是徐卓呆为他化妆的。反正，只要你想出来什么，卓呆先生保证都会。我记得小时候看到过一些武术手册，图中练武之人各式招数（左右旋转、上下俯仰）用虚线、实线表示，很系统很专业，一些好武术的年轻人就按照那些虚实之线开练起来。看了郑逸梅所写，才知道这些教本（绘本）的祖师爷正是徐卓呆先生！卓呆晚年得病住院，一进病房，发现病床号与墓地号完全一致，心里有数——在劫难逃了。果然没有几天就病逝了。

*

早上起来，看到朋友小五凌晨时分发来的信息：猫小帅死了，在一个朋友那里……想当年猫小帅的名声蛮大的，一如她的主人——摄影师刘小六。小六在北京那些年总在家中搞各种大派对，他阅历丰富，干过很多工作，会生活，懂交际，所以社会各界朋友也很乐意去他家吃喝玩乐。很自然的，那只长相独特、习性孤傲的“小帅”也就成了男女朋友的爱好之物。小帅，是一只身材苗条的黑母猫，唯有下巴到脖子处留一道白，很像一位高雅绅士系着一条白领带。某年小六回老家过春节，委派我和爱人住进他家以便照看小帅，因为快到小帅临产期了，他叫我们随时准备接生。我们没干过这种事，蛮紧张的。小帅也是头一次做母亲，那些天她的情绪也颇为不稳定。小帅之前很喜欢玩叼纸团的游戏，不管我们把纸团丢向何处，她总是以迅雷不及掩耳之势冲过去并迅速又将纸团叼回，敏捷之极宛如一位滑冰者。在她临产期间，我想她该不会喜欢玩这种游戏了吧，结果当我一开始捏纸团（窸窸窣窣声音响起），她马上就警觉了起来，跃跃欲试，我只得配合她玩了起来。（小六回家前一再嘱咐我们不要让她玩纸团，肚子大了，不宜剧烈运动。）夜里，一些奇怪的动静使得我们醒来，而后看到：小帅做妈妈了，生啦！数了数，一共五只！想一想，她生产时正是“狼时”，伯格曼有电影《狼的时刻》，凌晨三四点，正是一天中最不太平、各种不干净的东西出没之际，我们第一次经历猫咪产仔，觉得蛮惊心动魄的……如今看到小帅已死，感叹时光飞逝。我问小五要不要把“噩耗”告诉远在河南驻马店的刘小六，他说都可以，随便吧。小六丢下小帅独自回老家已经七八年了，在这期间小帅也换了好几任主人了，最后落脚何处，他也不知道。

（有一段时间是我们共同的一位画家朋友收留了小帅。有天趁画家不在，小帅把他的一只养了很多年的绿鹦鹉，吃掉了。画家回家看到绿毛满地、血刺呼啦——鸟头居然在床上——他气得要死，电话小六赶紧派人把小帅带走，要不他可能会干掉小帅！）我想了想，还是把小帅的事告诉了小六。

我：小帅……凌晨 2:10

小六：在小五那儿吗？

我：不是，应该不是。

小六：在谁那儿去世的？

我：我也不知道。

小六：联系联系，给我传几张它的遗照吧。

Ⅱ　起调

*

弗里德里希的一幅画《海边二人》，海天一色。那光影，可以是日出时分也可以是日落时刻。两个静止不动的背影——随着海潮和梦一样涌动——仿佛随时会行动起来。看上去两个人的目光一致，仿佛微微朝左凝视，是在等待什么吗？据说贝克特的《等待戈多》正是从弗里德里希的这幅“背影”画中得到最初的灵感。

*

雅克·普雷维尔是我喜欢的法国诗人、剧作家。如果要我列出十部世界范围内最喜爱的电影，其中至少三部以上是由他编剧的，比如《雾码头》《天堂的孩子》。之前我并不知道那首迷人而永恒的法国香颂《枯叶》就是作曲家科斯玛以他的诗作而谱成曲的！这首歌曲的首唱是伊夫·蒙当。到现在为止，全世界已经有三百多位有影响力的歌手翻唱了这首经典。后来得知，当时由于纳粹迫害，匈牙利音乐家科斯玛逃难到了巴黎生活下来与普雷维尔成为好友，开始了长期的默契合作。歌手塞尔日·甘斯布的佳作也太多了，其中有一首我时常聆听，尽管不懂法语，但我能感受到这些歌曲的内在指向了永恒的人性隐秘。这首歌曲，甘斯布自己的版本慵懒，带一丝不羁，撩人不已；朱丽叶特·格雷科将之演绎得比缓慢还缓慢，构成了夜晚的顺序。甘斯布妻子简·伯金的版本介乎两人之间，诉说着时间的循环往复和爱欲的天荒地老。每隔一段时间，我就会听听这首歌曲，渐渐地，不懂法语的我，突然觉得为什么有一句歌词那么有感觉（熟悉）呢?后来我终于搞明白了，那一句歌词是两个人的名字——普雷维尔与科斯玛。原来甘斯布正是向《枯叶》的词曲作者普雷维尔和科斯玛致敬而创作了这首歌，歌名就是“普雷维尔的歌”！我看到过一个故事，一个留学法国的中国男子，他每天上下班都戴着耳机聆听法文歌来学习法语，他也喜欢甘斯布，有一天他在公交车站等车，跟着耳机轻声地唱着这首“普雷维尔的歌”，这时候旁边一位老太太走过来，热心地帮他纠正几个发音，还对他说，这首歌也是她年轻时很喜欢唱的，正是因为这首歌她获得了初次的爱情……就这样他们在站台上忘情地唱起了这首歌——

哦，我多希望当你回忆的时候
这首歌属于你
我猜
它是你的最爱
那可是普雷维尔和科斯玛的歌
……

*

我们喜欢的作家、诗人、艺术家虽然都有很强的个人标记，但又完全是同一类型的。他们都有着智慧的头脑，优美的心灵，悲伤的爱欲，清瘦的体态，狡黠的笑意，极好的分寸感。他们以笔作文有如玩具在孩子的手上。他们写出来的语句有时候像是“天语”，可是孩子们却能读懂它。

*

法国人科克托说中国人有一套属于自己的“宗教哲学”，这套东西里面又包含了修身养性。他的见解使我想起一本想买但一直没买到的书《中国对法国哲学思想形成的影响》。科克托接下来的一句话简直比中国人还中国人：

“对中国人来说，最重要的养生法是‘收心’。”

不知道他是如何知道这一些的。这正是易经里的“节卦”：天地节，而四时成。也是“过犹不及”；又好比我们的“过节”——节，固然是节日、节气，一派欢腾的气象，然而节，也是节制、节约、节俭，因为越是快活的日子，越容易飞逝而去，所以在“节日”里更要懂得“收心”，不要一下子把快乐全部享受完，要懂得节制，留一些，再留一些……若不，节日行将结束，可又没办法收回那欢快之心，一下子肯定适应不过来，这样的话，便是加倍的失落。

*

作曲家、演员、编剧、导演各种头衔集一身的诺埃尔·科沃德说：看书时要读注释，就好比做爱时半途要下楼应门铃。这个家伙的外形气质和他的这些“语录”一样酷！有一张照片，他穿着睡衣弹着钢琴，一个艳丽性感的女子坐在他的腿上，他们的下巴挨在一起，嘴差一点就对上了，可依旧感觉乐音飞扬！上面他那个比喻你觉得如何？如果做爱做到半途，却要抽身下楼应门铃，这一场做爱活动基本是要泡汤的……难怪有人看书，如果还要读密密麻麻的注释，不多久干脆把书就扔掉了——我不做（看），行了吗！希区柯克早期在英国导演的一部作品（默片）《水性杨花》就是大才子诺埃尔·科沃德编写的剧本。

*

看了意大利导演维斯康蒂自己最不愿意提及的作品《局外人》。众所周知，这位大导演驾驭文学作品的能力是一流的。不管是陀思妥耶夫斯基的《白夜》、朱塞佩·托马西·迪·兰佩杜萨的《豹》，还是托马斯·曼的《魂断威尼斯》、詹姆斯·M.凯恩的《邮差总按两次铃》（此片改编电影后叫《沉沦》），所有这些文学大作都被他拍成了经典电影！而且一点也没有“损伤”文学本身的精气神。可《局外人》为何失手？其原因是加缪的未亡人与维斯康蒂签约授权的时候，有规定不允许导演超出原著一点点……出演默尔索的是意大利演员马斯楚安尼，尽管我们很喜欢他，但都觉得他不太合适这个角色，身上少了一些——默尔索特有的——置身于局外的宿命的调性。相比之下，他在《白夜》里的表现，简直浑然天成，每每想起那些画面就令人心碎，那颗善意的美丽的灵魂。

*

夜读《致 D 情史》。高兹一开始就被多莉娜迷住，说她美得像一个梦。步态像舞蹈，高贵也俏皮，令他着迷。他也说到了她说话的声音，是“英国女人那种高而尖的声音”。本人一直觉得，一个女子的性感与她说话的语调绝对分不开。最令人着迷的语调声音当是法国女子，如德菲因·赛里格、让娜·莫罗那样，低沉而性感的，好似梦的倾述，又带着一种优雅和俏皮。《小王子》作者安东尼·德·圣埃克苏佩里的妻子孔叙尔罗的嗓音也有这样的感觉，不仅磁性低沉还有几分怪异，讲起故事来十分吸引人，就连王尔德、魏尔伦都曾被她倾倒。圣埃克就更加难以把持了，当初两人相遇，她一开口，圣埃克就像被电击了一样，一把将她推到了沙发上……一开始，高兹只是说了多莉娜语调“高而尖”这个特点，没说好坏。到了书的后半部分，高兹终于说出了心里话：“在学士街，你完全做回了自己，你改变了英国小女人的那种声音，你的声音变得更为稳重、浑厚。”安德烈·高兹是法国人，他一定也喜欢同胞女性的说话腔调。但他在夸赞妻子这个美好转变的同时，英国演员、歌手简·伯金（她平常说话语调我不知道，仅听她的演唱，并非那种高而尖的感觉，反而也有一种低徊的叙事魅力，却又比法国女歌手多了一种金属般的锐气）中枪了——“然而像简·伯金那样的人，她们却是在不断滋养这种嗓音。”

*

《博尔赫斯大传》里出现过不少和他同时代的文坛人物，朋友和对手，唯独没看到过贡布罗维奇！此君是波兰作家，因命运使然，他在阿根廷定居了很久。这家伙是一个喜欢唱反调的“反崇拜圣像者”，别人崇拜什么偶像，他就要砸碎他。最后他要离开阿根廷时，有人问他有什么建议要留给阿根廷人，他说：“杀掉博尔赫斯！”出口如此“凶煞”，一方面可能真是对这位阿根廷文坛巨擘“怀恨”在心，一方面定是追求语言的效果（快感）。但博尔赫斯对他熟视无睹，不管他如何叫嚣，皆不予回应。但这并不妨碍贡布罗维奇继续“攻击”，“博尔赫斯扎根于文学，而我扎根于生活，实话讲，我是反文学的”。我们看贡布罗维奇这些反常的“举动”，实际又上是很令人欣赏的。因为凡事以多个角度去审视才好玩。一句“杀掉博尔赫斯”，其实并非凶煞，而是某种孩童般的恶搞。他的同胞、享誉世界的诗人米沃什是他的坚定拥趸者，曾写下洋洋数万字的论文告诉世人“谁是贡布罗维奇”——这位和卡夫卡、穆齐尔、布鲁赫并称为“中欧四杰”的作家。贡布罗维奇有一部小说《情欲印象》被拍成了电影，可观赏。

*

舍伍德·安德森的《哲学家》，一个一气呵成的故事，几乎每一个字都触动人心。主人公“医生”是个平凡又神秘的人物，突然有一天他从芝加哥搭车到温斯堡，醉了一场，打了一架，进了局子，放了出来，就走进一家修鞋店的楼上租了一间房子，挂出一个招牌，自称医生。一会儿又说自己曾是记者，也会布道，又说是个逃犯、还杀了人……讲起老家的境遇，替人洗衣服的母亲、发了疯的父亲、醉鬼兄长，叙述真实，历历在目，使读者身临其境，感受着苦中作乐的人生滋味。后来他又说他来到这里，是为了写一本书，主题是“这个世界上每个人都是基督，都要被钉在十字架上”。短短几页，可以引出多线条的人生，平行、交叉，又各自行进。尽管如此，通篇读完，又给人以安宁和思考。他在“诊所”工作，几乎没有生意，“我我的病人寥寥无几，而且都是付不起钱的穷人”。可他仿佛又是个魔法师——因为他每天都有钱下馆子。餐厅里苍蝇飞舞，老板（兼伙计）的围裙比地板还脏，但他不在意，每次进去，把钱往桌子上一放：你们给我什么都行，就做你们卖不出去的吧，我不在乎这些，我是个特别的人，你知道，我干吗要关心自己吃什么呢？

*

让·雷诺阿的《游戏规则》里有两句台词暗喻了这部电影的核心。

1. 你知道，这个世界上最糟糕的事情就是每个人都有他的道理。

2. 萨福说的有些话真是好，上流社会的爱就是两起幻想的交融和两具肉体的碰触。

*

浙江雁荡山惹人向往。作为一个浙江人竟然从未涉足那方宝地真是说不过去。南怀瑾先生的老家是乐清，雁荡山正在此境内。南师说："雁荡山原来几乎没人知道，到了东晋，谢灵运出守温州。当地方首长，他喜欢爬山，喜欢游水，才发现雁荡之美。"

以前在《万象》看过一篇文章《胡兰成在雁荡山之旧踪》，作者周素子。原来周的父亲周庸平是当年胡兰成逃难在雁荡淮南中学做一名教员时的同事。所以周素子说胡兰成《今生今世》里提到的许多人事他都很熟悉。胡兰成出事被学校罢课，替他上课的正是周庸平。周素子提到——

乐清雁荡山为括苍山脉最为僻奥处，离东南部都会处温州尚有二百华里，交通不便，除水路外，均需步行，大汉奸藏匿于此，确为隐蔽安全。

当年胡兰成的红尘情人秀美自告奋勇，带着胡奔逃温州，经金华、丽水，沿瓯江顺流而去，水陆兼程，行旅漫漫。这些在《今生今世》里也有详尽的描写，仿佛是在看一场逃难的电影，各种意外层出不穷。在还没涉足温州之前，躲避在诸暨秀美婆家时，胡兰成藏身于阁楼上，苦做文章，写下《山河岁月》。起居生活，都是秀美细心伺候。秀美少时被家里卖到杭州斯家做妾，胡兰成曾常年在斯家做一名门客，斯家大少爷是他同学，老爷是辛亥革命的功臣。那时秀美才十八岁……（尹奈尔说，在《今生今世》里，秀美是比张爱玲、护士小周还令人难忘的女子。）回到温州、乐清雁荡山，周素子写道："这温州市地处东南海隅，和中原相隔如海外仙山。"这绝好地带，何时能成行？

*

雨天让人有种心安理得的感觉，好想偷个懒，什么都不做也无所谓。就像农人在雨季躲在家里啥事不干，只管烤火喝米酒放肆谈娘们。这雨一直下到夜里，好几次在雷声中醒来，索性开灯坐起来看了几篇吉卜林。1.《约尔小姐的马车夫》；2.《爱情神箭》；3.《银行骗局》。老早前在笔记本上抄了一句："他是个好心肠的老头儿，他的弱点就是喜欢调情。”一度想不起来这老头儿出自哪里，在这个哗啦啦轰隆隆的夜晚，才重新发现原来出自《马车夫》这篇小说。可见这些小说以前都翻看过，但仿佛和它是初次邂逅在这心安理得的雨夜。这是记忆力的衰退还是重读的奥妙？

*

一幅山水画里，我们看到一棵树，一座悬崖，一只飞逝而去的鸟的影子，一个很小很小的踽踽独行的人……我们迷恋着这些看得见的精致，但更加令我们心里暗涌的是这些精致内深藏（弥漫）着的某种难以言说的意蕴（气韵）——看不见的神秘。

*

我们重温了卡佛的《当我们谈论爱情时我们在谈论什么》。我们仿佛身处在他叙述的语调和情境之中，可稍不留神，我们就会被这些极其普通的日常碎片裹挟而去。小说里有个家伙（所作所为）叫人发笑，好像乐队里某个乐手弹错了的音阶。他就是梅尔妻子特芮之前的男友，一个“可怖分子”，但他又很“小儿科”，他在梅尔和特芮相爱期间不断地制造恐怖，使他们根本没办法安心生活，但特芮认为那是“爱”。梅尔认为与其说是爱不如说是变态（有的人干脆认为爱和病态是一回事）。后来这个家伙终于自杀了，但就连自杀这件事，他也搞砸了……他也许是模仿海明威（一笑，开玩笑）朝自己嘴里开了一枪。这，不用说他自己，任何人都会认为必死无疑——一命呜呼，脑袋飞掉大半个——可是这个家伙不知道怎么打得枪，打偏了，结果没有一枪毙命，脑袋不但没有变少，反而变大，肿了起来，比正常人的脑袋大了一倍！梅尔是名医生，他在医院里什么样的病人都见过，但这种荒谬的情况他是头一次遇见——让人同情也令人恶心。三天后这个倒霉鬼死掉了，特芮陪了三天床——因为爱情。这次开枪自杀之前，这个家伙还吃过老鼠药。当然，那一次，也没有死成，但牙龈因此变形了，从牙齿上脱开，牙齿像狗牙一样立着。这个叫艾德的已经死去的人——在爱情里——既是个悲剧人物又是个喜剧人物。

*

"白天她像个天使，可夜里就太可怕了。"妻子跟丈夫说女儿——大晚上的不肯睡觉，贪玩，不停上厕所，缠人讲故事。"过去我也老是这么说你"，丈夫跟妻子暧昧地说到。这是弗里茨·朗电影《大内幕》里的一个片段，比起朗导演的其他经典片子，这部似乎很一般，与其说讲的是警察与罪犯的故事，不如说只是男人和女人的故事。这么看来，似乎又是可以的。为了有所弥补，又看了一部弗里茨·朗的《夜间冲突》，本以为也是一部黑色片，结果是一部情感伦理剧，影片中年轻的玛丽莲·梦露在里面饰演了一个配角。女主角是芭芭拉·斯坦威克，她饰演一个“不甘心就此度过一生的女人”。可是真正的生活除了安心过活，又能如何？欲望的满足没有尽头。男主角饰演者保尔·道格拉斯，其壮实、憨厚和忠贞叫人感到踏实，也难怪女主角明知自己内心狂野，是不可能被某一个男人所掌控的，但作为女人，她也需要一份安全踏实感，于是不管三七二十一，先找个可靠的人士垫底，结了婚再说。

*

我们都认为全世界最忧伤的艳遇故事是在博尔赫斯的父亲豪尔赫·吉列尔莫·博尔赫斯的身上发生的。老博尔赫斯英俊潇洒、风流成性，可因为遗传，视力又非常非常差。有一次他漫步街头，看到慢慢走过来的一位女士很不错，就上前套近乎、调戏。可好戏还未开场，就遭到对方严厉呵斥：豪尔赫，你为什么不让我清静清静呢！原来这个女子正是他的妻子莱昂诺尔·阿塞韦多。当然博尔赫斯本人在漫长而短暂的一生中也曾多次经历忧伤的艳遇。在他六十多岁时——已经完全失明了——还是涌动着狂热的激情爱上了二十来岁的女秘书（有人说博尔赫斯有多博学就有多幼稚）。他跟秘书求婚，遭到拒绝之后，他做了一件十分“孩童式”的事情——他去找医生，拔掉一颗好牙。

*

看许知远采访白先勇。老先生八十多岁了，依然赤子。他那童稚的表情加上口头语“好玩的”，真是太好玩了！看着这些，心情大好，被他美好的心境所感染。白先勇谈到了《红楼梦》，也谈到了自己的小说和人生，使我们受益匪浅。许问白：红楼梦比国外那些皇皇巨著高在哪儿？白先生列举《追忆似水年华》《战争与和平》，简·奥斯丁和陀思妥耶夫斯基等等，当然对于这些文学大作他也持激赏的态度，然而他也说到这些小说里总是有着一大段一大段的说理啊、上帝的视角啊等等，读起来总会累出一身汗！可是《红楼梦》每翻一页都是轻松的、畅快的，是雅俗共赏，然而里面也包含了天地宇宙的一切。是天下第一书。这天下第一，老人家说了很多次，好玩的。白先生又以轻松的口吻讲到了家国、父子、君臣，一个家庭松解了，又组成了另一个家庭，一个爸爸走了，又来了另一个爸爸……白先生也喜欢看电影，比如他说到喜欢的意大利导演维斯康蒂的《魂断威尼斯》时赞不绝口。看许知远的回应，他应该没看过这部电影，但他一定看过托马斯·曼的原著小说。维斯康蒂的所有电影都很精彩，而白先勇先生唯独说到这一部，是不是因为片子里流淌着的无言而悲伤的同性之爱呢？南斯拉夫导演库斯图里卡曾说，如果有谁可以与二十世纪文学界的陀思妥耶夫斯基对等，那一定是维斯康蒂。

*

深刻性与游戏性同在；平凡性与神奇（秘）性交融。我们喜欢的文学、艺术作品都具有这样的特性、品质。深刻是旋律，游戏是节奏；平凡是故事，神奇是故事的发生，以及发生后引发的旋律、变奏，接着又回归余味不尽的平凡（静）。

*

毕加索曾说他不太读书，但他有很多爱读书的朋友，他与这些朋友相处，就等于读了很多书。他是谦虚，实际上他还未动身去巴黎发展时就已经熟悉梅特林克、魏尔伦这些作家诗人的作品了，那时候他常常和志同道合的艺术家朋友们光顾一家前卫新潮的“四猫咖啡馆”，这其中有他最传奇的画家朋友卡尔斯·卡萨吉马斯。后来在法国，此君为了一个女人饮弹自尽（当着这个女人和众多朋友的面）。那次惨剧发生时，毕加索不在场。他说倘若他在，一定会劝阻他，何必呢，为了一个女人。这几天读到一本书，看到了更多的故事真相。卡萨吉马斯深爱着的这个女人叫热梅娜，漂亮迷人，“面孔娇小妩媚”，生性放浪，她和卡萨吉马斯所有艺术圈的朋友都有肉体关系，其中就有毕加索，只是也许卡萨吉马斯蒙在鼓里。当时在一家咖啡馆，处于疯癫和绝望状况之下的卡萨吉马斯拔枪威胁热梅娜——这可怕而无助的举动，一定是经受了巨大的爱情创伤——对他毫不在乎的热梅娜看透他不敢开枪，还当众嘲讽。于是卡萨吉马斯收回手枪对准自己的太阳穴扣下了扳机……后来作为最好朋友的毕加索去警察局取调查报告，看到检验单上写有卡萨吉马斯患有“包茎症（Phimosis）”，我们多少明白一些这场悲剧的潜藏隐秘——卡萨吉马斯那颗射向自己的子弹，实际上是无法满足的、膨胀到爆裂的性欲。

*

约翰·福特的电影《真假盗魁》，由爱德华·罗宾逊一人饰两角。职业（业余?）作家 / 大罪犯。毫不夸张地说——丝毫不俗——笑翻全场！这部拍摄于 1935 年的美国电影，比目前任何一部国产喜剧片都要好看一万倍。相信我。

*

谈及约翰·福特，首先冒出来的却是布努埃尔提及的一段“好莱坞往事”。1972 年，他的片子《资产阶级的审慎魅力》在美国上映，他前往洛杉矶做宣传。著名导演乔治·库克为这位西班牙导演接风，在家举办了一场早已载入电影史册的豪华宴会。受邀到场陪客的有希区柯克、比利·怀尔德、威廉·惠勒、罗伯特·怀斯、乔治·史蒂文斯等等顶级电影大鳄，抱病在身的约翰·福特也应邀前来参加这次聚会，只不过由于身体原因，宴会进行一半之时他就致歉提前离席了。所以那张著名的全世界最伟大导演们集合一起的照片里，就少了这一位最具个性的“黑眼罩”导演。布努埃尔后来感伤地回忆，那次聚会几个月之后，约翰·福特就与世长辞了。他说他记得那天去乔治·库克家里，第一个看到的就是约翰·福特——一位老绅士，由一个高大健硕的黑人带领着进来，一边眼睛还带着一个眼罩。就是我们经常看到他晚年很酷的那个形象。我甚至觉得当时写《盲人和一个女子去渡海》这首歌时，头脑里也晃动过他的这个眼罩形象。那时，约翰·福特一看到布努埃尔就跟他热情祝贺（本片荣获当年奥斯卡最佳外语片）。布努埃尔有一丝惊讶，但又充满了感激和快乐，他怎么一下子就认出自己？因为他们之前从未谋面。

*

法国历史学家、音乐家、政治家雅克·伯努瓦在监狱里被关了很多年，他记得一只很漂亮的大灰公猫经常到他坐牢的街区散步，也许是某一个狱卒养的，也可能是一只独来独往的流浪猫。它很通人性，知道这些不得自由人的柔情和寂寞，时常钻进栏杆任由这些犯人抚摸，待每个人都抚摸个够之后，它又跑出去寻觅广阔的自由。雅克和狱友们觉得这个动物的眼睛里闪烁着冒险、自由和宽容的精神，故给它取名“铁木真”。昆虫大王法布尔的一只猫也令人念念不忘，那是法布尔女儿收养的一只流浪猫，它和法布尔全家一起快乐地生活了好几年之后，因为一家子要搬迁，所以把猫一并带走。从旧居到新家，路途遥远也复杂，要转好几趟车，又要渡船过河什么的。可是到了新家之后，这猫念念不忘从前的家园，好几次都趁主人不注意独自（准确）回到旧居……看法布尔的描述，感觉这只猫就是一个孤寂的怀旧旅人，独自游荡在路上。如果它能幻化为人，我相信他一定也会很喜欢旅行俳圣松尾芭蕉——“道上无行人，秋日已黄昏。当此深秋时，邻人作何事？”

*

《巴黎评论》记者乔治·普林顿采访约瑟夫·海勒说他是一个颇有魅力的人物：坚持长跑，遵守严格的节食计划，以保持结实的体型。（记得另一位作家幽默地说：一个作家要是长出赘肉来，那基本上也就算完了，从此只能吃老本了……）本人也喜欢跑步，坚持多年，可这天我无端犯懒，但看到海勒的访谈，突然来了精神。人们喜欢一些作家、艺术家的作品，同时也欣赏他们的气质魅力，是一个整体。作家的另一个名字是“节制”，每一位我们喜欢的作家都在其作品里表达了“少即是多”或“一半比全部还要多”的意思。我去跑步时选择了听 DJ 张有待介绍的音乐。跑了大概半小时的时候，耳机里传来这位知识分子 DJ 磁性的声音——太让我觉得不可思议——接下来是丹麦音乐家×××（我没记住其名字）根据约瑟夫·海勒小说《第二十二条军规》所谱写的同名爵士乐曲……看到约瑟夫·海勒“坚持长跑，严格节食，完美体态”，对自己形态有如此的高要求，不得不使人想到一个“反面人物”——巴尔扎克。这位巨人作家从不锻炼，每天喝成桶的咖啡熬夜，没有一刻注意过身体。他死后，给他验尸的医生连连摇头，苦笑说巴尔扎克对自己的蹂躏简直到了令人发指的地步，这具五十一岁的身子骨，活活被他自己摧残成了一个八十岁老人的躯体。

*

看了奥托·普雷明格导演的《金臂人》。由二十世纪最优秀的美国男歌手弗兰克·辛纳特拉饰演金臂人弗兰奇。我是很不经意看到这部片子的，开始还犯嘀咕：何为金臂人呢？原来是因为出身卑微的弗兰奇出手很快，近乎一种表演家、艺术家的天赋。他本为赌场老板工作做庄、出老千，一出手就博得千金万金。后来想洗心革面，想从事音乐，立志做一名爵士鼓手。可因为毒瘾，又被黑道所控制……片中有两个女人都爱“金臂人”爱得真切，但爱的方式很不一样，一个自然朴实，一个变态疯狂。她们中有一个为了获得“金臂人”的爱，一直把自己伪装成一个整天坐着轮椅的下肢瘫痪者，以此作为牵制住他的砝码，可怖……电影由同名小说改编，作者是纳尔逊·艾格琳，他的人生和他笔下的主人公一样迷茫、放纵、跌宕起伏。在成为一名专业作家之前，他一直四处漂泊，以打零工为生。

他有一声喟叹，我始终记得——

“为什么有时候，生活会给人一种如深夜营业的电影院般的空旷感，荧幕上正放着悲伤的电影，而观众席空无一人。”

有人说艾格琳是“被遗忘的时代”的最后一位作家。日本诗人导演寺山修司年轻时很崇拜他，以粉丝的心态给他写了信。令寺山意想不到的是，偶像居然回信了，而且后来他们还成为了朋友！寺山回忆多年以后，他去芝加哥，并到艾格琳家拜访，看到了作家在墙上挂着那些早已分手的恋人们的照片，书桌上堆放着多年前就开始撰写的小说。虽然已是垂暮老者，但艾格琳心思依旧活跃，声音还是富有音乐般的弹性，他说了一句话，既是感性的又是令人困惑、可无限咂摸的，寺山修司有没有被他搞晕，我不知道，反正直到现在，想起那句话，我还是有点醉酒一样晕乎乎的感觉。他说：

“我给你介绍一个好女人吧。她哭的时候非常迷人，你可以试着让她哭给你看看。”

看过此片的影迷都认为作曲家埃尔默·伯恩斯坦所作的配乐十分好听，伯恩斯坦还凭借此片荣获第二十八届奥斯卡金像奖最佳电影配乐的提名。观众所熟知的《杀死一只知更鸟》《我的左脚》《阿尔卡特兹的养鸟人》等许多电影的配乐都出自他手，所以我们觉得他也像是一个具有超级魔力的“金臂人”！

*

我们通常说一个人很有“精气神”，似乎只是关乎他的精神内在，因为精气二字看上去挺形而上的，好像一股飘逸之气飘来，玄之又玄。但是且看繁体“精氣”，二字皆从米，可见精气之生——丝毫不玄，而是实实在在的——必资于米。

*

年轻人霍洛维茨遇到了生活的难题，一位好心的同胞妇人突然想到自己某颗牙齿里藏有一颗钻石——是几年前逃难时镶在里面的——二话没说，毫不犹豫地请人把它撬了出来，（好心的妇人啊，我禁不住想到，她如此心急火燎地出手相助，帮她撬牙的人一定也很激动，从而不小心将她的牙口弄出很多血……）换成钱资助这位天才钢琴家。另一次霍洛维茨得到一个去罗马展示才艺的机会，可是请他去演出的主办方（一位伯爵），没有给他一行提供差旅费。为此钢琴家的经纪人十分头疼，他很想提出来，请伯爵把车马费给了，但又不太好意思，担心让对方看不起。啊，你们怎么连这点小钱都没有！他去理发店剃头，想去去晦气。刮脸时，长吁短叹：哎，一个天才竟然为了旅费而面临断送前程……理发师得知情况，立马放下剃刀，拿出一千法郎：“朋友，拿去先！”后来霍洛维茨成名了，有一次他去一个城市演出（柏林?），当地乐团的小提琴首席在演出头一晚带他出去玩玩，放松放松。霍洛维茨反应过来时，已经晚了，原来首席是带他去了一家青楼！热情、好意的老鸨为两位音乐骄子叫来了七个绝色美人（赤裸）。小提琴首席挑选了一个去了另一个房间；钢琴家颇为害羞地说，为了保存实力，暂时还是不要了，谢谢大家的好意……他看到房子里有钢琴，于是就坐下来练习起勃拉姆斯第二钢琴协奏曲。练着练着，一抬头，吓一跳，老鸨和七个姑娘（不，六个？）正聚拢在他身边听得认真呢！在第二天正式演出的时候，霍洛维茨一上台就瞥见了第一包厢里面老鸨和七个姑娘——这次绝对是七个！

*

每个作家都有自己的用笔（打字机）习惯。黑色悬疑小说家威廉·艾里什创作的大部分作品，都是通过他那台手提式雷明顿牌打字机（编号 N.C.69411）噼里啪啦子弹一样发射出来的。保罗·奥斯特爱用一台 Olympia SM 的白色打字机。并且一旦坏了，一概自己修理，有时候他维修打字机的劲头比写作还高！马克·吐温用的一台打字机看上去很像缝纫机，好像是可以手脚并用的。布考斯基有一张抱着打字机在胸前的照片太酷太经典了，感觉就像是一位拉着手风琴的游吟歌者。村上春树，他喜欢用铅笔写作，而且习惯用硬度为 F 的那款。有一次他和一位编辑朋友喝酒聊天，编辑可能喝多了，他跟村上春树打趣道："你不觉得'F'型号的铅笔像是穿海军校服的女高中生吗？"这一下村上完蛋了，他往后每次拿出F铅笔，就会想起海军校服的女高中生，如此一来，性欲被激发也就根本无法下笔做文章了。那他该怎么办呢？他说只好把F替换掉，比如就用硬度为HB型的。结果有了第一次的"假象"，这HB又使他联想到其他……这位酷爱音乐的作家甚至说，硬度为H的铅笔是"The Police"（警察乐队）的主唱斯汀。

*

坐地铁去约会，随手拿了一本《书城》（2017年1月刊），随意翻到一篇《昆汀会梦见克莱斯特吗？》，作者卢盛舟。不知道他，以后要关注留意。海因里希·冯·克莱斯特这位和席勒、歌德、荷尔德林同时代的作家怎么会和当今美国导演昆汀·塔伦蒂诺挂上钩呢？也许你想到了——暴力美学！作者卢盛舟的毕业论文做的就是克莱斯特，他说克莱斯特在中国的名声远不及上述那几位世界级的德语文学史上的大佬们，而对这位德国作家的汉语研究还处于初级阶段。通过阅读了解到克莱斯特文学中的残酷和血腥之美。他在"导演"自己人生最后一出戏时实现了他曾在小说中虚构的暴力——1811年他在柏林万湖，先是开枪击中同行的女友，而后饮弹自尽。因为卢盛舟在文章中提到克莱斯特的作品都和昆汀的电影作平行分析，所以谈到作家人生的最后这一招时，他这么说："这一点，昆汀应该做不到，当然我们不希望他这么做。”下了地铁见到约会人，她向我笑时，我突然想起了，以前看的侯麦电影《O侯爵夫人》正是由克莱斯特的小说改编的。卡夫卡也曾多次在日记、书信里表达了他对克莱斯特的喜爱，他甚至幻想也和自己相爱的人“手牵手投入虚空”，有一次他把女友菲利丝带到了万赛湖畔，当然并未发生什么可怕事件，但这个“怪人”当时脑子里想些什么，我们就不得而知了。

*

“在艺术里最重要的东西只有一个，那便是你无法言说之物。”——乔治·布拉克

*

众所周知，纳博科夫是一位“毒舌”，他评论起作家同行既刻薄又有水准，我们除了大呼过瘾之外，也会替中枪的作家们感到“不爽”。他说加缪、洛尔迦、托马斯·曼……都是伟大的“二流”作家，写的无非是一些过眼云烟的二流故事；泰戈尔、高尔基这些是一些可怕的庸才；海明威、王尔德、康拉德这些，都只是写书给青少年朋友看的作家；罗曼·罗兰这种货色居然被当作天才，令人大惑不解。说了这么多，他也没忘记调侃一下自己，他形容自己是跻身在贝克特和博尔赫斯两

个基督中间的快乐强盗……两个基督？快乐强盗？夹在中间？颇令人咂摸。除了纳博科夫，我们发现杜鲁门·卡波特也敢说敢言，评价起各种大人物也十分毒辣。同样，我们一方面大呼过瘾，一方面也替那些中枪者感到“难过”。他是大作家，也是社会名流，常跟影视戏剧界人士打交道。他说：“所有女演员都不是女人，所有男演员都算不上男人。”针对大名鼎鼎的马兰·白兰度，“虽然就天赋而言，这一代中没有一个男演员能出其右，但再也没有第二个人像他那样把伪智识发挥到如此令人捧腹的程度了”。他说鲍勃·迪伦，是一个精明的音乐家，一个假装心地单纯的骗子，虽有反叛精神，实质是一个多愁善感的草包；而诗人罗伯特·弗罗斯特，就是一个老混蛋，他身上有一种深藏不露的凶残，自设了一个自我膨胀的神坛……我们假设，如果纳博科夫与卡波特这两位不小心相互交锋，会摩擦出什么样的火花？

*

何谓“招贴女郎的昆虫学”？知情者，请告知。（一位法国影评人说电影新浪潮之父巴赞——作为一个最好意义上的人文主义者，他带着睿智的情感写下大量的文章，从深焦距离摄影到招贴女郎的昆虫学。）

*

有人说看乔治·库克的《模特儿趣事》，从头笑到尾。这是一部有趣也值得思考的消遣作品。一个失了业的窘迫模特儿，用掉身上所有的钱（稀里糊涂地），在商业地带买了一个广告牌，给自己做了广告——巨幅照片和名字。结果，她火了……每一个路过的人都好奇，追问她到底是谁。既然上了那么大的广告牌，一定是位名人！如此一来，被群众追捧，就连《花花公子》都向她抛来了橄榄枝。这部二十世纪五十年代的喜剧电影，也让我们联想到当今的明星机制，刻画了主流大众的盲目和肤浅，不管什么庸俗的东西，只要被强势媒体加以强势地推广宣传，普罗大众就跟风一样疯狂地迎上前去，大叫其好。甚至越是低端、庸俗的越是被大众接受，因为拥趸者们觉得“如今终于有和我们一样层次、身份的人也获得了成功，成为大明星！”这叫他们觉得自己也很有档次和面子。我想起一个作家的故事，就在他出版了最新的小说之际，出版社安排他上一档时下流行、收视率很高的电视节目，他心里很反感，觉得作家不是明星，不应该那样去推销自己。果然在节目中，他尴尬极了，因为主持人花里胡哨，两人的谈话根本不在一个频率上，不仅如此，主持人还不断暴躁地打断他说话，于是他一心想着赶紧结束，发誓再也不干这种事……他和妻子回到家，闷闷不乐的，可是门房看到他们，异常兴奋：“我刚才打开电视，看到您了，太杰出，太棒了！”作家说：“不，我觉得太糟糕，太恶心了，我一点也不喜欢自己说的东西。”门房说：“我没听到您说任何东西，但我在电视上看到您，看到您了，太杰出，太棒了！”

*

希区柯克是一个爱书藏书迷。还很年轻时（刚刚结婚？），就将同胞萧伯纳的整套作品收齐了。有一次他在家宴请作家用餐前，他恭恭敬敬端出那套三十一本的珍藏版请求签名。萧伯纳欣然在每一本扉页上都写着——“致艾玛，她嫁给了阿尔弗雷德·希区柯克。”

琼·哈里森是一位干练、美丽的女子，作为希区柯克的私人秘书，她忠心耿耿，丝毫不出差错。在她刚来希区柯克身边工作不到一个月时，有天突然被叫去老板办公室。当时老板正和编剧在谈论剧本。突然希区柯克拿起桌上的《尤利西斯》（莎士比亚书店初版），翻开早已做好记号的一页——那是书中最不堪入目的关于厕所的一段文字——读了起来。那位编剧记得，这位新上任的秘书被搞得极其窘迫，不知如何是好。琼·哈里森不明白老板何故要以詹姆斯·乔伊斯的大作来“指导”自己接下来的工作。

*

每一部德克·博加德出演的电影都给人留下难忘的印象。不像有的片子，看时虽然也被情节吸引住，但不到几天就忘记了，需要再次观赏才能忆起：哦，原来是这部。可是德克·博加德，无论是《仆人》《魂断威尼斯》还是《车祸》《午夜守门人》，或者《雾港水手》等等，只要看一遍就深入脑海，挥之不去。昨日又看了一部他在1961年出演的《受害者》。尹奈尔说他眼神独特，里面包含了太多的内容，一语道破。我回想起来，之所以对他所演的片子难以忘记，主要是他的眼神——无需言语——他的眼神流露（饱含）了一切。虽然他饰演的很多角色，在人们看来都有些“非正常”，但这些人物内心丰满，情感随时会满溢出来，关键是，通过他的表演，他又将这些充溢的情感游刃有余地控制着，只是以眼神来做涌动，令人无法拒绝。他的眼神魅力，不得不使人想起那句话：通常，男人不用手，而是用眼睛脱去女人的衣服。《受害者》这部电影涉及那个年代同性恋人士的苦痛心灵，如果“同志们”被举报，不仅名誉扫地，而且还要面临牢狱之灾，但这不是影片的重点。那重点是什么？还是不说那个字了，因为那个字用得太多了。

*

约翰·伯格有一篇文章叫《一头熊》。是一则寓言，又像一部荒诞、黑色、惊险短片，含有一些政治隐喻——但这一点可忽略——比卡尔维诺的寓言故事，甚至还好（好看）(《约定》，广西师范大学出版社 2015 年出版）。本书还有一章《母亲》，作者道出了母子间情感流动的秘密。“如果一件东西原封不动就能为你带来快乐，为什么要打开它？”母亲也是一位爱书人，“她年轻时欣赏的作家有：萧伯纳、詹姆斯·巴里、康普顿·麦肯齐……画家只喜欢一个——透纳”。

*

朱尔斯·达辛的《痴汉艳娃》（希腊名：Ποτέτην Κυριακή），与他那几部享誉世界影坛的黑色电影截然不同。这部电影达辛先生亲自上阵与他的第二任夫人、希腊女子玛丽娜·墨蔻莉共同主演。玛丽娜不仅是享誉国际的歌手、演员，她还在 1981 年成为希腊第一位女性文化部长。这部电影讲述了一位知识分子与一位万众瞩目的应召女郎的故事。她周一到周六接客，周日休息。通常，她会在休息日邀约和自己上床的男人们到住处一起用餐，男人们围在一起吃东西，很不情愿地相互举酒干杯，每当这时候，她脸上浮现出的满足感令人着迷。知识分子便是朱尔斯·达辛出演的美国人，他认为世界已经变得越来越坏，他必须要在曾经最古老文明的希腊国查明原因何在？虽然玛丽娜·墨蔻莉饰演的是一个妓女，可是她却像个优美的精灵。整部电影的旋律和节奏可以说全部由她带动，而所有这一切毫不造作，完完全全融入生活里。男人一心想要改造女人，给她提供大量的书籍，以此希望她走上“正途”，因为他认为世界上最快乐的事情就是“求知”。女人才不听呢。影片主题曲Never on Sunday 充满了希腊的神奇（自然）魅力，又仿佛是女主角无邪与性感混合于一体的欢愉，激荡着无尽的欢乐人性。玛丽娜·墨蔻莉凭此片荣膺当年戛纳影后。

*

尹奈尔刚看完《将来的事》，叫我也看。她还说了一句颇令人想不通的话：比伯格曼好看。这部片子由伊莎贝尔·于佩尔主演，这位骨感、知性的女子浑身散发着音乐的节律。她出生于1953年，比茱丽叶·比诺什大十一岁（比诺什1964年出生），比伊莎贝尔·阿佳妮大两岁（阿佳妮生于1955年）。索菲·玛索小一些，生于1966年。不知道这几位法国丽人私下关系如何。在《将来的事》里，于佩尔在心情低落时去电影院看了一部电影，正是茱丽叶·比诺什主演的《原样复制》，导演阿巴斯。和《将来》一样，《复制》也是一部知识分子类型的片子，这样的低调艺术电影多少会让主流大众敬而远之。我想明白了，尹奈尔说比伯格曼好看，正是说明了此片既有伯格曼（以及相类似的其他导演）的高度，或者不说高度，至少也是具有这类导演的精神特质，但同时又没有像“伯格曼”们那样的沉闷和压抑，充满了隐晦的哲理思考。《将来的事》流畅自然又充满了书香气。于佩尔是一位年过四十的哲学老师，围绕着她的两个男人是保守的丈夫和激进的学生法比安。作为一名充满智慧的女性，她既不保守也不激进，因为她本身的思想就是富足、自由、独立、清醒。我们看到因为有了情人而离开了丈夫的她也是蛮可爱的，“只要有书、香肠和一杯葡萄酒，就是最幸福的生活状态了。”这虽然是一部以“书”贯穿始终的作品，但生活气息浓郁。夫妻分手，其财产分配就是相互积攒起来的书的瓜分。于佩尔某天回家，看到以前满满当当的书架上已是七零八落，颇为狼藉，丈夫留下字条，“《作为意志和表象》死活找不到，请帮忙找到”。于佩尔很无语，因为她发现自己做了大量眉批、记录的书籍被丈夫一并掠夺走了。这部电影的导演是张曼玉前夫的现任女友，其父母都是哲学教授。难怪这部她导演的电影既有知识分子气息，又很生活化。生活即哲学。

*

原来头一天我们重温了伯格曼的《沉默》。难怪尹奈尔看了《将来的事》后会说，比伯格曼好看。伯格曼总是探讨人与人之间的关系，以及彼此无法消除的隔阂。人的欲望和压抑如影随形，找不到出口。人们希望获得“神”的救赎，可是上帝总是冷眼观望。（不，从不出现！）每个现代人都有心理疾病，但找不到医治的方子。唯通过音乐（巴赫）使得我们得到一些释怀，代替上帝的安慰。电影尽管压抑、难受，但观影者甘愿陷入其中。这部片子里出现了一个流动的侏儒剧团，他们与主人公下榻同一家旅店。他们的出现，恍如梦的节奏，有一丝吊诡和搞笑。他们是沉默之中的跳跃音符，是神的秘密使者。我们还重温了伯格曼的《犹在镜中》，舞台剧般的质感。伯格曼曾说，一部电影，最重要的不是脚本、导演……而是灯光！明白他的说法，灯光一布置好（对），氛围、故事、寓意、冲突等等自然就彰显出来了。电影——光影艺术。

*

和妻子一起收拾行李，准备回家乡过年时，收到长久未联系的朋友 F 信息，他谈及我的新歌《黑鸟，你在哪里》——“躲过了黑夜的那只鸟，/ 最后还是消失在漆黑里”——很好听，很符合他长久以来的心境，云云。后又告知我，他离婚了。这，令我吃惊，虽然那时初见他们俩相好，我隐隐有感觉，女方并不是 F 这个牛高马大的山东大汉所能把控的，F 说除了家人，没有和朋友说及家庭变故，闹矛盾挺久了，那次我在上海 MAO 演出（2015 年 5 月）他们就不好了。“在后台见到你，欲言又止。”我问，“女儿归谁?”他说孩子和她在一起。回想 2009 年时，我去上海演出，F 邀请我和同伴 J（巡演乐手）和 L（随行摄像师）住他家，可 F 那天恰巧要去外地出差，但他已跟她——如今离婚了的妻子，当时正在热恋中——说好了，她会在小区门口等我们，给我们钥匙。我们见到了她，一个娇小美丽的上海女子。她微笑着客气地把钥匙给了我，我说谢谢。J把手递过去也想跟她握手道谢，她没有回应，是视而不见呢，还是真的走神没看见？后来说起这事，J还耿耿于怀的。

*

夜晚在老家县城闲逛时，碰到一个同乡人——一道影子一样就出现了——他告诉我们，他离婚了。我问，那儿子呢？他眼睛一亮——微笑溢出—仿佛黑夜闪现一道强光：那，归我，归我的，嘿嘿。

*

我们决定去邻县松阳走一遭。诗人庞培、先锋书店创始人钱小华都跟我提起过好几次松阳，大赞其好！庞培游历松阳好几次，留下佳作；钱小华也将在松阳某古村落打造“先锋书店·平民书局”。我们乘坐汽车很快就到了松阳县城，下车步行到了人民大街，冬日阳光暖暖，我们穿过大街，就是老街南直街潘祠上弄，沿着留有明清遗风的古老街道晃荡，感受当地人的生活气息，铁匠铺传来叮叮当当的声音，颇为亲切。走着，走着，突然听到（看到）前方两个七十来岁的老妇人隔街对骂，虽然以方言对阵，我还是能听出一些内容，但无外乎是翻出对方的老皇历开涮，甚至提到1935年，你怎么着，我怎么着，还骂对方婊子。哎，大过年的，何必呢，恩恩怨怨何时了。我们随意漫步，在交错的街道吃了碗面条，又看到一些木匠师傅在装修一家中药铺，里面有好闻的松木味道，我们进去看他们打榫、刨花，听他们聊天。然后继续走回原来的街上，看到那两个老妇人还在对骂，且有愈演愈烈的趋势，她们把手中的锅碗瓢盆都往对方身上扔了！这一次松阳老街之旅，最有趣的事情，当是我们碰到一场当地高腔剧团的演出，是春节联欢活动性质的，免票入场，我们进到剧场，观众大多数都是老年人和儿童，有几个孩子哭个不休，闹哄哄的。舞台上演出却是非常专业，后台的乐队也令人振奋。开场前，化好妆弄好行头的演员们在剧场后院的太阳下抽烟、闲聊，我还特意凑过去，要求跟他们合了影。我们打道回府的时候说着这一趟的旅程好像做梦一样，怪怪的。我又说，真是凑巧，还让我们看了一场高腔。话音刚落，一个走在我们前面的——穿翻毛皮大衣；皮鞋锃亮有鞋钉作响；服服帖帖的头发刷刷亮往后梳得一丝不苟——中年男说了一句："高腔早就没有了。"

*

地铁里有个中学生模样的女孩合上一本书，我看见是约翰·伯格的《讲故事的人》。前些日子朋友圈有不少人转发伯格先生离世的消息，有一篇缅怀他的文章标题很吸引人：那个九十岁还骑摩托车载着少女兜风的约翰·伯格走了。

*

一名摄影师一手举着摄影机对着一个女孩，一手把三脚架上暗藏的尖刀指向她的喉咙……这是电影《偷窥狂》的剧照。这部拍摄于二十世纪六十年代的电影，情节紧凑、戏剧性突出，有关童年的心理阴影和创伤。主人公马克小时候被父亲作为“恐吓”的试验品成长——父亲每次给以他不同程度的惊吓——而后用摄影机把这一切及时记录下来加以研究。马克长大后，无法消除这些噩梦般的经历……他在一个剧组工作，颇为老练、职业化。而平常日子里他的着装总是一件学生样式的呢子风衣，稚气，明快而上扬。尹奈尔小姐说，一想到这部电影中的马克就是穿风衣的样子，印象极其深刻，如此穿着，也是表明他的心理还是一个孩童的状态。可是当他因为“病发”而无法自控时,就出现一开始提到的那“可怕”的形态了。片子里有一个段落，据说连希区柯克看了都赞叹不已，并表示嫉妒。剧组人员在制片厂忙了半天，大家都结束回家，马克说服一名临时演员留下来，他想拍她独舞，她兴奋不已——这可是独自出镜呢——跳啊跳,她围着布景跳，又跳到一个蓝色的剧务箱子旁，坐在上面……隔天，人们打开箱子时发现了尸体，与此同时，马克又在暗中拍下了人们发现尸体的全过程。

*

导演奥逊·威尔斯崇拜的诗人是罗伯特·格雷夫斯。1967年这位“电影巨人”列了一个最想认识的当代人物名单，格雷夫斯排在周恩来与教皇约翰十三之前。罗伯特·格雷夫斯在1948年通过一本诗集重现定义了俄耳甫斯歌声的功能——诗歌的神话来源，不是太阳神激发了俄耳甫斯的灵感，而是“月神”——诗歌起源于母系氏族时代，从月亮那里获得魔力。我们看奥逊·威尔斯的电影《上海小姐》，片子里的女主角艾尔莎，也是月亮般的女人。威尔斯曾在一次大学演讲里说人类登月是最亵渎神明的事情。导演还有一位喜欢的诗人是T.H.怀特，他也抱怨向月亮发射火箭的行为是大不敬，要遭天谴。这位看上去那么“雄性”导演，内心居然是很阴柔的。

*

我的朋友画家老巴在一次展览上碰到一个爱好艺术的具有乡土气息的纯情女孩。女孩被老巴所吸引，主动跟他搭话，问老巴——

“您是画家吧，你画什么风格的画呢？我猜你一定是画抽象画的。”老巴盯着女孩，狡黠地说：“我属于半抽不抽吧。”

后来我们所知道的就是，老巴恋爱了，画风更抽象了（后来这位纯情女孩在老巴的熏陶下，也成了一名装置艺术家）。

老巴的这个故事让我想起一部电影，但忘记片名了，里面一个女配角（就出现过那么一次）遇到男主角，他们也聊到了写作和绘画，她看上去很风尘肉感，可她却说只有十九岁。她跟一个男主角说，我过去是作家，我在恍惚中写作，我经常接触死亡，但现在我开始画画了。男人问她（天哪，跟那次派对里老巴遇到的那女孩问的一模一样）："您是画什么风格的画呢？抽象画吗？"女人说："不是。"男主角又问："你画画时的感觉怎样？"女人说："发抖。"

*

在卡夫卡作品中，人们通常会看到一个孤独、灰色、绝望的形象。可是在朋友们面前，他一直是健康、向上而明快的。他的好朋友马克思·布鲁德说，卡夫卡的读者一定会误会他，以为他平时的待人接物也是忧伤的，甚至处于绝望的状态，可是情况正相反，在卡夫卡面前，我们只会感到舒适，他以轻松的语言表达着丰富的思想，是最逗人快乐的人之一。当然，布鲁德又说，卡夫卡大部分的时候是沉静的，也是谦逊的。在一些社交场合也许长时间不发一言，一旦开口，完全没有废话，在场的人会全部被他吸引，侧耳倾听。卡夫卡这种迷人、谦卑而开放的性格，我们每次在读古斯塔夫·雅努什的《卡夫卡对我说》时也能够感觉得到。卡夫卡曾有两个弟弟，但皆在幼年时夭折，后来又有几个妹妹降生，他和最小的妹妹奥特拉关系最好。父母生日和一些重大的节日，他们全家都会编排节目演出。这个习俗一直延续到卡夫卡和妹妹们长大成人。在排演戏剧的时候，卡夫卡担纲编剧导演，很少参与演出，除非恶作剧表演恶魔吓唬妹妹们！他编导过的戏有《骗子》《照片说话》等。虽然卡夫卡从小到大一直惧怕父亲，然而我想每当家庭排练、演戏的时候，他一定是自在放松，快乐无压力的，因为那一刻他是生活里的导演。

*

有一个窃贼威胁一个人道："给钱还是给命？"那人答："给命。"他这毫不含糊的一句把窃贼吓了一跳，转身走了。想想自己太无厘头了，在构思《爱情万岁》MV 的时候，脑子里出现的竟然是这个"给钱还是给命"的画面。尹奈尔小姐说，那个人之所以不给窃贼钱，而愿意以此送命，也是一种"爱情万岁"啊！一个男子陷入沮丧，因为他的情人以跑调的方式跟他争吵；三个少女面对父亲的沉默感到明天已经悄悄来临；一个悲伤的少妇在月台上悄悄放下还没断奶的孩子；两个民工在脚手架上陷入情爱的幻觉；四个诗人加一个女人酝酿发动一场文化运动……这所有的一切都可以是爱情万岁。"你唱歌的时候，/有人幸福地仿佛要死去。/你唱歌的时候，/美女如云，爱情万岁。/而我总是想起那个雪夜里，/你曾敲开我房门，/我换了发型，不是你要找的人。"尹奈尔小姐又说，那个窃贼够可爱的，可以请他饰演歌曲里那个换了发型的倒霉的家伙。

*

我去录音，见录音师大G脚崴了，肿得厉害！是左脚，拐杖靠在巨大的调音操控台上——随时会倒下的状态——好像一句诗歌的隐喻！大G很不爽的样子。我说，还好啊，鞋还能穿进去。大G说这是以前打球穿垮掉了的要扔掉的大鞋。

“就这双鞋子，也是靠老婆和孩子（孩子两岁半）帮忙使了很多劲才穿上的。”

大G愤愤然地说，去年差不多也是这个月份，他也崴过一次脚，严重程度跟这次差不多。他恼怒地说，连崴脚的地点和去年都一样，去年那次也是夜晚录音结束，吃了点消夜，走路回家，在百子湾桥下，对面一个绿衣女人急匆匆走过……

“他奶奶的，我感觉，那女的，也是去年那个！”

我问：“那拐杖肯定是去年的那根？”他说：“您就别跟我提这个拐杖了，我看着这根拐杖就来气，当时怎么没有把它扔掉呢？”他觉得要是去年脚好后随即把它扔掉，今年绝对不会崴脚，正是因为没扔掉，坏运气又来了。我问：“去年是哪只脚？”他说：“应该是右脚吧。不，是左脚！”“到底哪只？”我问。他说：“还是右脚吧，但也不一定。”哎，大G一直以来都是晕乎乎的，超级可爱，最近我注意到他给自己取了一个艺名：亚洲首席退堂鼓演奏家。

*

我想 W.S. 默温并非谦虚才说“写作是我所知甚少的事”。他实打实就是这么认为的。往往很多大作家，作品一本本出，每一本都给予读者不同的惊奇和养分，正是因为他们没有把自己当成一个“能手”、一个“职业者”，而是借着书写，像个孩童一样去嬉戏、想象和发现世界。默温认为大部分学会的东西一定是坏习惯，而对于他来讲至关重要的“写作”是学不会的东西，写作是不断从“我不知道中产生”而不是从“我所知道的当中产生”。如此说来，写作的意义，是要写下笔那一刻（写作者）还不甚知晓的东西。但随着笔调的行进，即能找到节奏和密码。默温讲过一个故事很好玩，那时他和艾伦·金斯堡住在格林威治村，有一天趁奥登不在家，他们打算（像孩童探宝）摸进这位大诗人的家里瞧瞧。艾伦有他家钥匙（奇怪，他怎么会有？）他们探宝之前，金斯堡跟默温说：“走，咱们去瞧瞧，我把他视为圣者。”默温说：“我也是。”结果……默温事后回忆说：“奥登公寓乱死了，我敢说，那是我见过的让圣者也害怕的最脏乱的地方。”怎么会这样呢？他们俩是不是开错门了啊，看奥登照片，多干净利落。

*

去岳家吃饭，饭后大家闲聊。说起柯老师的儿子、媳妇，很多年来想要生孩子，无果。各种法子都试过了，是的，各种，只要你能想出来的法子（包括请神、设巫术），他们夫妇都试过。但是不多久，亲戚好友邻居们得到一个好消息，怀上啦！原来柯家通过关系，识得一高人。高人的确高，他并没有亲临柯家，只是在电话里做了简单的交代，结果，没多久真的就这么成了！高人在电话里提出两点，叫柯家务必执行。

1. 把家里所有活物都请出去。（除人之外，一切小动物，也包括植物）

2. 请夫妻两人把各自后背的痦子去掉。

我很惊奇，觉得有些悬，高人再高，怎么知道这对夫妻后背有痦子呢？于是我们展开了讨论，莫衷一是，疑惑重重。我说，首先把活物请出去，包括高人还特地指明了包含植物！这一点，我懂，一定是因为他们家里阴气太重的原因。有人家里植物、盆栽繁多，整个院落仿佛一片小森林，阴森森的，的确会大量吸走阳气。而男女之事，一阴一阳，必须平衡，阴占上风，自然不对劲。嗯，大家点头称是。那痦子怎么解释？我说，高人掐指一算，夫妻二人有痦子……好，算出来之后，我们就知道了，高人何故要他们把痦子消除！一定是柯家儿子与儿媳行房时看到各自的痦子心里极不舒服，导致房事不舒畅，每每失败告终。大家都笑了，妻说难不成他们天天开灯行房啊。妹夫说要是痦子很大很突出的话，黑灯瞎火的，摸也能摸到。大家各有说辞，只是“对我说的高人掐指一算”这点持有异议。妻妹想了想笑说，那点掉的痦子有疤更难看啊！岳母说，现在技术很好，能做到不留痕迹。大家说说笑笑,唯有乔儿(五岁小外甥女)一脸茫然。

*

庞德除了写诗厉害，柔道功夫也很了得。有一次在一家旅馆里，庞德跟弗罗斯特说，我给你表演一下柔道，如何?话音刚落，弗罗斯特还没反应过来，就被庞德抓起手腕从他的头顶摔了过去。旅馆里的人都惊呆了。弗罗斯特说我跟他一样健壮，当时一点心理准备也没有，就这么被他一下子“搞掂”，这他妈的太刺激、太不可思议了！听弗罗斯特谈天说地，要比听艾略特、庞德都过瘾。有一次在一个活动中，面对清一色四五百位女性做演讲，被问及如何找到闲暇的时间写作。他说，“既然都是女士，我就实话实说了”——

我就像小偷一样偷一点，
像男人一样抓一点——
那么我的罐子里就有一些闲暇了。

弗罗斯特还说:“我不愿意对自己知道太多，我不是农夫，但我种了点东西，东挖挖西掘掘，我跟其他人走在一块，生活在一块，又喜欢说话，但我没过文学的生活……”于坚那首诗《读弗罗斯特》，将这位诗人的形象描写得活灵活现，像一幅漫画速写——

我看见这个老家伙得意洋洋地踱过去，
一脚踩在锄头上，
鼻子被锄把击中。
他的样子真是让人着迷，
伟大的智慧似乎并不遥远。

我将于坚的这首诗谱成了歌曲，收录在专辑《被追捕的旅客》中。有一次在江南一个诗歌节碰到于坚，他说真没想到，他的诗又被我以“弗罗斯特的方式”唱了出来！

*

有一位名叫南方熊楠（1867—1941）的日本作家引发我注意。他博学，不修边幅，爱好杯中物。他曾在欧洲游学十五年，精通英、法、俄、德、荷等多国语言，梵文、中文也不在话下。他除了专研植物学以外，民族学、人类学、生物学、佛学禅道也很精通。他最有趣的经历是曾受雇于一家大马戏团（团员来自世界各地），任团书记。他语言之精通之有趣恐怕与此经历也有关系，马戏团的男男女女常常请他帮忙写情书。

*

毕肖普回忆玛丽安·穆尔的文章《感情的成果：回忆》，

把玛丽安的母亲也一并搬出来了。感觉这对母女像一对活宝，有些洁癖，但很可爱、善良。就像玛丽安那首《致墙壁里的老鼠》——

> 你使我想起一些男人，
> 曾相遇，又被遗忘
> 或重现于一段风趣的插曲
> 他们在其中一闪而过
> 如此敏捷，难以被审视……

将一些男人比作老鼠，难免有点刻薄尖酸，但在诗中，这“老鼠”并非那么不堪，甚至有着令人莞尔一笑的幽默。它只是来去匆匆，一闪而过，像生命中许许多多的事物一样，只留下一段不值一提的“风流小插曲”。沿着墙角迅速逃遁的双眼贼溜溜的老鼠形象，的确有如我们男人某些时候的状态。诗歌最后一句，“如此敏捷，难以被审视……”。却又感觉诗人给了这个“鼠辈男人”某种理解（和解），甚至赞许。这也正如毕肖普说她这位朋友“她用那种含混的赞扬加以贬斥的战略发展到几乎让人听不出来的程度”。玛丽安与个性十足的母亲住在一起，她们的生活就像轻喜剧，这正是摸清楚了生活内部的旋律走向，所以怎么唱都可以。她们过着世俗的生活，但又远离俗气。就像诗歌一样——在寻常日子里，闪耀出一道道迷人的惊奇。

*

一位老妇人去到一家书店，她要买一本年轻时代曾看过的1897年出版的书，她请店员帮忙找一找。店员问她书名是什么？她说忘了。那作者是谁呢？她说也不记得了。那书的内容你大概讲一讲。“对不起，书的内容我也一点想不起来了”，老太太说，她只记得书的封面是红色的……这样的读者顾客，真叫这位书店店员无语，他想世上怎么会有如此“云里雾里”的无厘头读者呢？这位店员就是后来写出《伦敦巴黎落难记》《动物庄园》《1984》的乔治·奥威尔。我的水乡朋友重阳君也在书店工作过，是在八十年代的一家新华书店。他跟我们讲起那个年代在书店遇到的许多好玩的人和事，我们印象最深的是，重阳说起的“两个琼瑶迷”的故事。那时候读者在书店买书，都需要请店员从柜台后的书架上取下来。一天来了两位女孩，她们指着一本新出版的琼瑶小说《匆匆，太匆匆》说——“同志，请帮我拿一下那本‘忽忽，太忽忽’”。

*

在某期文学杂志上（世界文学？）读到法国作家朱利安·格拉克在他八十二岁的时候，还一如既往地照顾着九十一岁的姐姐，他们相依为命住在古老的卢瓦河畔、父母早年居住的老屋里。我脑子里想到一幅画面——

“河道，

“暮色，

“卢瓦河里漂浮（隐没）的人，

“一只水鸟从一个句子里飞出

“在落日下引申出下一个句子。”

这以后，我要看到格拉克的书籍都会买来看。他的文字犹如他的生活，充满了自省和思考，同时散淡自然。“时光的流动有一种秘密的冲动。”朱利安·格拉克曾获得过龚古尔文学奖，但他拒绝领奖。我猜测他此举动，并不是炒作，以此博得更多的眼球注意；也不是哗众取宠故作姿态，而是他本身就是一个对名声没什么感觉的人。他太低调了，或许还很害羞，甚至想到如果要去领奖的话，还得琢磨写一篇长长的获奖感言——他一辈子深居简出——这，这一切太麻烦了，不自在，违背自己的天性。不，还是不去了。朱利安·格拉克有一位年轻弟子叫菲利普·勒吉尤，经常坐一列火车前往卢瓦河拜访老师，他将与老师的会面、交谈写成了一本书《卢瓦河畔的午餐》——克制的情感和思想的光辉在卢瓦河隐隐荡漾。学生这么说这位令他敬仰的老师——

一个伟大的魔术师，/他不是人们可以随便认识的人，/说些雨季和晴天，说些逝去事物的无意义。

有读者笑谈说，这本书是“一个宅男造访另一个宅男”；

还有人说，一位很牛的大师在晚年遇到这样一个年轻有为的作家粉丝会不会很开心哪！

*

在一个旧书店淘到一本王祥夫的随笔集。翻看几页，蛮对自己胃口的，文笔素淡。整本册子正是闲寂生活的真实记录，对所记事物分外留心，朴厚生动。书内还有不少关于寺院、佛像、雕刻、僧侣的篇章，惹人神往。上次读到另一位不知名的作家，他也与王祥夫有一个共同爱好，喜欢逛各地的寺庙，但并非烧香祈愿，只是一种心境而已。这段日子 Peggy 读一位美国侦探小说家的作品，书中主角，并非圣徒，可是但凡经过教堂，也总会进去稍坐，而后出来继续投入案件里。王祥夫说到南京鸡鸣寺，好几次都是当地朋友苏童陪同。他俩闲坐在豁蒙楼内喝茶聊天，看窗外飞来飞去的白鹤（但苏童坚持说是白鹭）。他说寺里的素面很好吃，三块一碗。搞得我立刻肚子饿了起来。“服务员是穿着素净布衣的小尼姑，走来走去，轻悄悄的。”有一篇较长的文字是谈吃的《食小札》，赏心悦目，大有味道！他提到汪曾祺先生很喜欢的一道菜。一种菌类，叫干巴菌，看上去就像被踩烂了的马蜂窝，颜色就像牛粪！可是洗干净后和肥瘦相间的猪肉、青辣椒同炒，入口细嚼，半天说不出话来……这“半天说不出话来”绝对是对美味佳肴的顶级赞美。所以我们平常听到有人说：太好吃了！爽！好味道！等等都不是最顶级的美味，真的吃了最好吃的美味，谁一下子还说得出话来啊！这篇文章里，苏童再一次出现，还有《繁花》作者金宇澄。王祥夫都夸了他俩的做菜水平！看来一个好的小说家，基本上也都会是一个好厨子。他说金宇澄有一次在厨房里剁鸡块，嘭嘭嘭，场面感十足，叫人感受到生活之乐，而端出来的美味，十分令人嘴馋。看了这么多关于吃的，不要以为作者是个吃货，绝对不是，整本书看下来，作者王祥夫是一个很节制的人。但有如写作，唯有华丽之后才能很好地平淡。

“令真正的美食家常常想起的往往是芹菜嫩芽的清香，蕨菜白茎的肥美，荸荠的脆爽，淡中悠长的滋味。大菜像是一种表演，不能天天上演，往往难以为继的不是经济而是疲惫不堪的肠胃。令人难舍难弃的恰恰是那些普通得不能再普通的粥饭和咸菜。这不是一个简单的口味问题。”

*

你今天心情不佳。一定是早上下床时左脚先着的地。Se lever pied gauche，一则法国谚语。

*

祖先造字真叫人佩服又使人浮想联翩。且看“故乡”的“乡”。说到它，首先仿佛飘来一个乡音听起来淳朴而温暖，接着会想到它与自己千丝万缕的联系。这千丝万缕，正是“乡”这个字“一撇一横又一撇又一横再一撇”的曲折与长路迢迢。繁体的“鄉”，则更有其况味了，女士们尤其应该注意一下，这曲折地带原本是一个有郎君的所在，所以，正是因为有“郎”才称其为“鄉”。从繁体变简体，似乎是一个隐喻，一个讽刺，也是一个魔咒，因为如今的乡里再也没有男儿郎了，他们早已纷纷离家奔走他方，早把他方当作了故乡。

*

去上饶，到了“鹅湖书院”。雅气，养心。我是读曹聚仁先生的书，知道朱熹和陆九渊、陆九邻，还有我老乡吕祖谦先生曾在美丽的鹅湖展开盛况空前的学术辩论。据记载当时有一两百位学士高人聚集于此“辩论”了十多天。可以想象，这些文人雅士，为了参加这次文学派对，从四面八方赶来，由于交通不便，他们也许提前几个月、甚至半年一年就从家乡乘坐马车或独自骑驴出发了（反正，一路游历，偶尔在某地留下艳情也是美事一桩）。长途跋涉，舟车劳顿，抵达之后，他们马上展开了激烈的辩论。我们在想，他们在辩论间隙，在鹅湖周边赏花、喝酒、谈艳事时，看到附近百姓之家养的大白鹅嘎嘎嘎走来走去，一定会要求工作人员，宰几只，下酒！我们此番前去，没有驴，也没有马，我在一个水边古镇的“世界书局”旁边，买了一个铁环。我是滚铁环而去的。

*

每次去江阴，都会去找诗人庞培玩。他通常先带我们去长江游泳，而后去他家坐坐。我第一次进入长江时，明白了何故人们称江南为鱼米之乡。滑下长江水里的那一刻，我即刻感受到一种长江水的肥美和丰腴。游过大海，小溪，河流，湖泊和泳池，从未有过在长江里的感觉，那水围裹着躯体，仿佛被很多具丰满的身体爱抚。庞培家的书多得已经不能再多了，每迈开一步，都要绕过书，有的书，他也许再也不会翻开，但由于它们都在，也就使得他安心了。（他曾不无感伤地说："有天我心里咯噔一下，突然意识到，有些书这辈子是看不完了……"）有一次，我们从长江回到他家。在书房、客厅、过道都觉得挤得慌——但也快活，毕竟挤我们的是书——庞培有点不好意思地说，要不我们进卧室坐坐吧，于是大家就侧身移步到卧室，可是卧房里面也是满当当地堆积着书，并不能痛痛快快地落座。我说："要不，我们集体上床吧。"众人大笑，庞培笑得最厉害。庞培有一篇文章《我的第一个书房》，是将长江之水与书房里的书对照着写的，好看，耐读——

波浪沉甸甸的，其分量令我想起书房里的书，想起年轻时我们经历过的贫穷、不公、荒芜，想起无书可读的年代满城狂奔。二十一岁，偶然，我走到城外的长江边，一条巨流，使我平静下来。于是，在水中，我学会了阅读。

*

买到罗伯－格里耶《旅行者》上下卷。上卷封面（护封）是白发白胡子的罗伯－格里耶看着镜头，左手半举着一根白萝卜。这根大白萝卜的叶子被割掉，但留下了一两寸长的根茎。

萝卜－割了叶。

买书出来，站在不远处的天桥等朋友，看着这根大萝卜，恍惚是去了菜市场。记得有人问格里耶为何要留胡子？他说习惯了，从十六岁就开始留了。越来越离不开它，曾经也想过刮掉。“但是想想看，要举行一个讲座，我们到了智利，却没有胡须，怎样让组织者们在我下飞机的时候认出我来呢？”“这还不好办”，尹奈尔坏坏地说，“他可以拿一根割了叶的白萝卜啊！”

*

对于音乐家约翰·凯奇，早前我只知道他的作品《四分三十三秒》。（二十世纪五十年代，音乐家举办了一场演奏会，但他只是在钢琴前静坐了四分三十三秒。一分钟过去，台下开始私语；两分钟之后，观众开始喧哗；快到三分钟，底下开始躁动起来，走的走，骂的骂，乱成一团；四分三十三秒凯奇离席，宣告曲子结束，台下已经没有一人了。这场“演奏”凯奇设置了现场录音，将这时间段不同“噪音”都录了下来。）这天我去拜访书画家陶醉，他送了一本音乐家的文字作品《沉默》给我。礼尚往来，我就把刚从书店新买的《杜尚传》给了他。回家翻看《沉默》，很快喜欢上。凯奇是一个高妙人物，博学多才，甚至对于中国的周易、禅宗也有研究，有一套自己的哲学体系。对于写作更是得心应手。有些音乐家的著作也很好看，但在字里行间，只是体现了他们的专业才能。可是约翰·凯奇，他与普通的哲学家不同，是一位睿智的作家，写作风格极其优雅，善用诙谐幽默的悖论。事实上，他在走上音乐之路之前，最想做的事情就是写作。更有缘分的是，在书的后面我看到，约翰·凯奇也有过人生的抑郁期，那时候陪在他身边的是谁？正是他的朋友、艺术家杜尚。想想，这两位音乐界和美术界的名人，还真是有很多相似的地方，尤其是他们对待自己“专业”方面的态度：放弃作为一名创作者的雄心壮志，远离争强好斗，以一种“玩”的实验性的心态参与其中，使创作的过程变得有趣——大胆而谦逊。

*

“我无话可说，/ 而我正在说它，/ 那就是诗。/ 就像我需要它……每一个存在物，/ 都是无的回声。”——约翰·凯奇

*

英国出版人汤姆·麦奇勒很有人缘、颇具魅力，所以很多有影响力的作家，如多丽丝·莱辛、加西亚·马尔克斯、萨尔曼·拉什迪、约瑟夫·海勒、威廉·斯泰伦、朱利安·巴恩斯、艾萨克·辛格、卡洛斯·富恩斯特等等都与他合作出版书籍，其中还有摄影家布列松、摇滚音乐人约翰·列侬、画家莫里。看汤姆的回忆录，这些作家、艺术家的身影依次出现，一个比一个有趣好玩。出版者，从某个方面来说是一个生意人，可是汤姆身上的“商业”气息很少，但他眼光独到，有很强的应变力和行动力，很善于与他人交往。英俊帅气的外表一定在他成功的事业上起到了决定性的作用。二十七岁那年，他还是一个出版社的新秀，在乔纳森凯普出版社打工，有一天来了一位气质独特的女人，一眼就对他产生好感，而后跟出版社要求，希望这位年轻人能够和她回家整理丈夫的遗稿。她丈夫便是海明威。当时海明威自杀不久。汤姆·麦奇勒在回忆录里坦言，大师遗孀由于情绪低落，总是喝酒，她有想和他上床的欲望……但他十分明白，这欲望，其实来自绝望，所以，也许也算不上欲望。后来这本书整理完成出版了，正是我们很喜欢的《流动的盛宴》。我记得麦奇勒还说起，在整理遗稿期间，他们放松去打猎。之后她才告诉汤姆，给他的那杆猎枪，正是海明威自尽时用的。这真是令年轻的出版人吓一跳。

*

汤姆·麦奇勒谈起自己的母亲也十分有意思。儿时他父母总不在一起，后来离婚了。母亲一直以来都有情人，而那些情人都是比她小很多的帅小伙。这一切，年少的汤姆全知道，可是令我惊讶的是，汤姆对这些毫不在意，有时还和母亲的年轻情人一起玩。我们知道很多作家、艺术家长大后性格忧郁，梦魇不断，正是因为不幸的童年遭遇，父母离异，母亲有了新情人而撇下他们不管不顾，导致心灵创伤。可是这方面，汤姆一点问题也没有，他还觉得母亲很另类，为她而自豪呢！母亲七十岁的时候，还跟汤姆的岳母讲自己还吃避孕药……岳母回应："您别和我开玩笑了。"母亲说，"但是你，你们永远不会明白的……"汤姆·麦奇勒长大后的特立独行，一定是受了母亲——开放而乐观的性格，充满了生命本能的追求——的影响。

*

古典吉他演奏家徐竑跟我说起前几天在常熟一位朋友家里看到一把八弦吉他（八弦吉他很少见）。他说没人敢（会）弹，但他拿在手里得心应手，熟悉了一下之后，马上弹奏了巴赫的"无伴奏大提琴组曲"，太爽了。徐竑一副势在必得的表情跟我说："那把琴最后肯定是我的，但目前主人有点舍不得出手，尽管他放在那儿也不弹。”我问徐竑这把琴大概是哪个年头，哪个国家生产的？他说年头肯定不短，产地应该是欧洲，但常熟那朋友是在香港购得的。他又说只要好琴，其他那些他不考虑——

“一把琴好不好，一个和弦弹下去就知道了。”

徐竑已拥有好几把价格不菲的世界名琴。这一把八弦吉他经他这么一说，我也有点手痒痒了。后来他驱车带我们去香积寺（杭州一个寺庙）吃素餐。在路上他又说起这把吉他。他说这把琴样子很好看，长得很有意思。琴头上写着一个大写的字母“G”和一个阿拉伯数字“8”。我们几个人（他夫人也在内）异口同声地说：“G8。”说完之后，大家稍愣一下，继而才发现有点被徐竑愚弄了，便哈哈哈大笑起来。而后我们想起徐竑在讲这个话题之前，脸上曾浮现出期待某种效果将要发生的表情……徐竑有很多关于“琴”的趣事，每一次见到他，除了听他弹奏迷人的古典曲子，他也乐于讲一些演奏家的一些琴（情）事给我听。我问他最早那把古典琴哪里去了——那是他二十年前到北京拜吉他教育家陈志为师时买的，是陈老自己的品牌，由日本厂家制造——徐竑说早就卖给小J（富春江人，政府公务员，业余弹琴，琴技很一般，整天就“爱的罗曼史”）了，但没多久，就被他摔坏了。后来他又花不少钱买了一把，可不到一个月，有一天他把这把新琴和两条中华香烟放在汽车上，小偷偷香烟，顺便把吉他也拿走了。

*

有一段时间，我见到徐竑都会请他弹奏由探戈或米隆加改编的古典吉他曲给我听。我们看到那些探戈舞者，一会儿优雅地舞动，一会儿又神经质地晃动脑袋，脚步大幅度（充满性暗示）撩起。他说探戈发源地布宜诺斯艾利斯，因为是一个移民城市，所以当时各色人等鱼龙混杂，其中不乏流浪汉、小偷、妓女、诗人，甚至杀人通缉犯也都会有。舞者充满警惕性地转头晃脑，是因为突然有人喊：警察来了！结果发现是虚惊一场，于是又继续缓缓舞动起来。或者猛一回头，发现自己的仇人也在舞池中，就开始了暗自较量，等待合适时机展开复仇。一些南美作家在散文中也谈到探戈的起源，说是最开始探戈是两个男人之间对跳，很多男人光顾妓院，由于妓女供不应求，他们通常要排队等待，在漫长的等待过程中，男人们就发明了这种舞蹈以打发时间。徐竑还跟我说起探戈大师皮亚佐拉的一句名言，我一度也觉得很适合我——

“我的音乐很悲伤，但我是个快乐的人。”

1965 年皮亚佐拉和博尔赫斯合作过一张唱片叫《音乐诗》。皮亚佐拉最初从博尔赫斯的小说《玫瑰街角的汉子》中获得创作灵感。博尔赫斯曾说过，探戈里充斥着很多“性”的意味，但实际上里面也隐含着“暴力”。性、暴力、死亡总是如影随形，在一曲探戈里。皮亚佐拉八十年代还出过一张专辑《辣舞者与循环夜》，不消说，其灵感也来自博尔赫斯，后者有一首诗就叫《循环的夜》。

*

“探戈”一词，其西班牙文就是“触摸”的意思。那“米隆加”（探戈前身）呢？好几次朋友邀请我去他们的城市演出，我都取名“一个人的米隆加——钟立风弹拨会”。

> 我想他会乐于知道
> 他的故事如今在一曲米隆加里。
> 时间是遗忘，也是回忆。
>
> （borges/ 陈东飙、陈子弘译）

关于徐竑跟我说起的皮亚佐拉那句名言，我后来查到了他原话——“我喜欢生活，所以我的音乐没有理由是悲伤的。但我的音乐是伤感的，因为探戈是伤感的。”皮亚佐拉曾经师从过伟大的音乐教育家布朗热太太。“爱一个孩子，并不意味着他要什么你就给什么。爱他就是要把他身上最好的东西发挥出来。教会他热爱困难的东西。”布朗热太太这句话，每一个孩子的家长都应该会赞同。

*

真奇怪，明明觉得自己没什么苦恼的，可是想着想着它就来了。就好像，本来没什么爱的念头，可是想着想着，那个让自己想去爱的人真的就走来，但，很快又走远了。这真是让人苦恼啊。

*

初中时期相互有好感的一对男女同学，由于年少羞怯，从未表白过，成年后各自成了家。多年后的一次同学会上，两人相遇,旧情复燃迅速好上,爱得狂热也克制。毕竟各自家庭稳定，所以这份迟来的情爱一直在暗中有条不紊地进行，并没有给彼此的家庭带来伤害。这是一个十分普通的婚外情故事。男同学的母亲从一开始就对现在的儿媳没好感，长期不喜欢她，婆媳几乎不见面，这导致夹在中间的男人心情压抑。心情压抑的男同学常会携妻外出旅游，放飞心情，这一次男人和妻子旅行至太平洋,男人自己驰骋在大洋中,不幸碰上了暗流,真正“放飞”了自己。这之后，女同学有一段时间联系不上男同学，从其他同学处得知此消息，无法抑制难过的心情。丈夫见状问她:“怎么了?”妻子说:“一个初中同学死了。”丈夫说:“噢，那关系不算很近的嘛。”妻子感伤（游离）地想:“唉，其实，蛮近的。”

*

在白天睡大觉、夜里搞创作的作家、诗人、艺术家很多。宁静之夜，思绪飞扬；缪斯女神，纷纷出场。可是有一位夜间写作者，很不安宁——在租住的旅馆房间里——他必须在钢琴前构思、创作，然后以用力（疯狂）敲击出来——天马行空——的和弦做节奏、背景，在咣咣咣的琴声里，他一遍又一遍激情地朗读、推敲、修改句子，以此表达他激烈的言辞和强烈的超现实情绪……可想而知，他的这个“怪异作诗法”令其他房客很头痛、很失望、很无奈……这位奇特的诗人就是“让雨伞、缝纫机邂逅于手术台”的洛特雷阿蒙。我最喜欢的画家之一莫迪里阿尼每次外出游荡或去小酒馆喝一杯总是把诗人的《马尔多罗之歌》放在口袋里（有时还撕下几个章节，便于携带）。莫迪里阿尼对这位二十三岁就离开人世的诗人抱有无比的热爱，他们有着相同的命运：一生不幸，痛苦死去，死后声名鹊起。莫迪里阿尼常常脱口而出这位集迷幻、邪恶、黑色幽默于一体的诗人的篇章段落，完全不顾周围同伴是不是想听他的这一番“慷慨陈词”。画家的这份情感奔涌和诗人在钢琴上砸和弦时的狂热激情相得益彰！洛特雷阿蒙像尼采一样，他们都认为只有叛逆的违法者才是真正的创造者。

*

有一次记者问起我平常的生活。我说了两点——

1. 我很懒散，但并不懒惰。

2. 平时我只做两件事：走路和清醒地做梦。

第二点，我稍微解释了一下。我说，走路，是我迷恋日常，喜欢漫无目的（漫不经心）闲荡，当然也有一种脚踏实地的意思；清醒地做梦，是我认为所有的创作，都具有梦的性质，有如梦境的延伸，但又和做梦不同，这个做梦者必须是清醒的，一如诗歌的魅力，一方面它有着无限的扩展和想象，但同时又有着精确和格律。所以，做梦者清醒。昨天我看瓦莱里，他在谈及拉封丹时居然读到了跟自己基本上相同的意思。那一刻，有一种幸福，也有一点点……怎么说呢“本来以为是自己的心得，却原来早就有人提及过了”这样的意思。瓦莱里说，作为一位真正诗人的条件，是他在梦想状态中仍然保持最清醒的头脑。这，不正是“清醒地做梦”吗？他接着又说："请注意，他（拉封丹）的漫不经心是高明的，他的懒散是用心良苦的，他的平易是艺术的最高境界，至于他的幼稚，那一定是无稽之谈，在我看来，如此精致的艺术和纯粹排除了一切懒惰和天真的可能。"

*

关于上帝，我想起来的不是“上帝已死”，或者“上帝啊，没有你，我是蠢的，而有了你，我会是疯的”，再或者“人类一思索，上帝就发笑”……这种哲学、思辨意味的。关于上帝，我想起来的是一些风趣的、幽默的，还有一些调侃的无伤大雅的语句。马克思·雅各布这么说：“上帝，要是你万一存在，记得别让我太不幸。”

这位有多重性格，似小丑，有些恶搞和同性恋，可又优雅、端庄、好心肠的艺术家，他的一生太不幸了，最后死在了集中营里。他青年时代的同居好友毕加索凭借当时的名望，是有可能将他救出来的，却又怕他的“臭名声”影响自己的“清白”，没有伸出援手。又比如西班牙导演路易斯·布努埃尔是这样说：

“多亏了上帝，我成了无神论者。”

尽管他这么说，可在他的很多片子里我们也感受到了神迹的存在。另一位也是那个年代的名人、钢琴家萨蒂（他曾为马克思·雅各布的作品谱写音乐）给他弟弟写信，谈及自己的失败时说：

“除了怪罪上帝，我还能怎样？”

不过后来改了口：

“为什么要攻击上帝呢？他和我们一样不开心，他可怜的儿子耶稣死了以后，他对万事都失去了兴趣，吃几口饭菜就没有了胃口。”

S.Y 说，凭我对“上帝”的这份独特的喜好，也就知道了我对于哪些文学、艺术作品有特殊的偏爱了。

*

在买到《被遮蔽的痛苦》之前，我不知道作者尚塔尔·托马是罗兰·巴特的女弟子。事也凑巧，两天前，在上一个城市闲荡，我正好买了一本罗兰·巴特的《偶遇琐记》。这样的凑巧，让我开心。《痛苦》一书读起来既有学术的艰涩味道，同时也是诗性的可咂摸的，让读者去体悟（也可以说是“享受”）文学、艺术史上不同样式的痛苦。这是一本二手书籍，封面略有不洁。书的最后页有原主人一段话——

“2010 年 6 月 7 日晚八点左右，唯和晨于人在旅途书馆购了此书，回程路上，偶遇赵青，天黑，互相都没看清嘴脸。”

“晨”字后面还花了个小脸，似笑也像哭，或一种憋屈的嘲讽。每次买到二手书，看到书上的一些旧迹，都会让人展开种种联想。这个“晨”，看笔迹应该是一位女性。那么她的名字是叫“唯和晨”吗？或者“唯”是另外一个人，是他们俩一起逛“人在旅途书馆”买的这本书？好，暂且不管是一个还是两个人。且看她这句话还是有一点幽默感的。赵青，也许是她从前的恋人，但互相不联系已有多年，命运让他们再次相遇，可他们各自借着黑夜的掩护，又假装没有遇上。这里面或许有一些微妙的、令他们尴尬的东西。一句“嘴脸”，略有嘲讽、苦涩和荒谬感。但也许赵青是她以前的一个闺蜜，因为什么变故（或许正是因为身边的“唯”？）两人就此诀别，形同陌路。

Ⅲ　弹拨

*

毕加索初到巴黎时，时常饱一顿饥一顿。有一次，吃了一根他的猫从大街上拖到他房间里的脏香肠。这个画面惹人想象——他是直接从猫嘴里夺下来的？还是将它抱在怀里爱抚一番之后，趁它不注意，再拿来吃掉的？原来艺术家们在饥寒交迫时期收养流浪猫，不仅是因为孤单、相互取暖，还别有用心呢。

*

余光中先生逝世那天，除了想起他的那些动人诗篇，也想到了美国诗人 E. E. 卡明斯。确切地说，是想到了余先生在 1962 年为卡明斯去世写的一首悼念诗——

顽童不再荡秋千了，
秋千架空在那里
然我们吹奏所有的木管乐器，
送他到童话的边境。

我把这首短诗读给尹奈尔听，她说人们之所以感到美好是因为它终将逝去，但是唯有通过逝去才能感悟其美好。所以，逝去也不一定完全消失，它以另一种方式而存在。这样一来，我觉得世上一些美好（消逝）的灵魂或许真的会有一天能在某个童话边境重逢。多年前读博尔赫斯《文学拾零》，有一篇写E.E. 卡明斯，他和余光中都提到了卡明斯的温柔和俏皮，诗句巧妙、灵动而富有音乐的弹性。余先生还说卡明斯是永远长不大的“彼得·潘”，是因为他一直没有玩够，而不是说他不成熟，他一直年轻、经老。卡明斯也有极高的绘画才能，他的画作简洁而富于想象，干净如赤子，与他的诗句此起彼伏，唤醒人类心底的纯真。这纯真，是长途跋涉之后的纯真，是老子的复归于朴。《五个戴礼帽的人》这首诗，更像是一幅静止又流动的画。还有《我的叔叔》，是我读过最快乐又回味不已的诗篇——

> 一个叔叔内战时在军队敲三角铁（棒得像个魔鬼）
> 一个叔叔是放风筝能手，可其他什么都不会；
> 一个叔叔会织毛衣，耳朵上别了一个洋娃娃；
> 一个叔叔死了，但之前他拥抱了一只到处乱跑阉割了的小狗……

寥寥数语勾勒出形形色色的生活与生命状态，律动的、隐秘的、爱意闪烁的。这些人物生动真实，但又和世俗人群里的芸芸众生不太一样，可我们又都在生命的某个过程里遇见过这些人。

*

不单是男性作家、艺术家敢于（善于）表达对于爱（性爱）

的追逐，很多女性艺术家更是厉害，令你难以招架，甘愿臣服。你听凯瑟琳·曼斯菲尔德（她是作家，又是一位著名的业余大提琴手）这样说：

“一个音乐家，想要的不是一个女人或一个男人，而是性的全音阶!”

*

感觉阿波利纳尔就是一个“闹腾鬼”。更早前在科克托一篇文章里就看到了他的“顽童”性质。怎么会如此躁动不安呢?一方面是肉欲太生猛，需要找到发泄口；一方面是因为从小就投入到了文学世界里，就此开启了各种开放人生的想象。他追求女人而不得的“痛苦”，仿佛是自我营造的，是一种文学式的需要，就像卡夫卡不停地给少女们写情书，也是他的文学行为，表面上是写信表达着爱，实际上是写属于他的书信体爱情小说，是一种纯粹的文学活动。遭遇到情爱挫折的阿波利纳尔很受伤，痛苦极了，可是就在一秒钟之后，他又像一个无事人一样，和朋友们尽情欢腾，投入到美妙的生活里。但是用不了多久，他又再次让自己陷进“不死不活”状态中。总之，他太有精神头玩了。看到后面，才发现自己基本看他没看偏，熟悉他的周边人都说他是个：bouc-en-train——文字游戏——按照谐音由两个词组成 boucan（喧哗）和 entrain（活跃），合译起来就是：能闹腾的家伙。肉欲的感伤，快乐的男孩；思想的计划，肉体的盘算。

*

说了你也许不相信，我有时愿意坐一趟火车去外地闲荡，可是一安顿好住地就犯懒不想动了，但也觉得十分安然自得，看看书，写写脑海中浮现的故事。这次我到了湖南某地就是这样，一整天就待在旅店读小说。上一刻我读的是舍伍德·安德森的《如同女王》。这个短篇仿佛是作者对女性的一曲赞歌。一开始他说没有人能对“美”下定义，但“女人走过房间的步态，能说明一切”。然后他列举了几个男人在生命中的某一时刻被女人“美倒”的经历——那种超乎寻常的美。有一个女人（一个马贩子的情人），她有一只眼睛是受了伤的，但当她出现时，一位正在收割稻谷的年轻人马上被迷倒了，这位独眼女郎身上有一种特殊的“美丽”使得他的镰刀从手中脱落！经过一些铺垫之后，作者将一位在他生命中出现过的魅力女性——爱丽丝——引出。虽然当时他们结识时，爱丽丝已是六十来岁了，但，如同女王。她的智慧，她的超凡脱俗。她曾是一名有着众多情人的吟唱歌手。看完小说，迷迷糊糊，困意袭来，听到有人敲门，问我晚饭是不是在旅店吃。可等我起来应答，人却走了。窗外走过一个隔壁的房客，走路的步态，说明了一切。

*

在异地闲荡，我们上网查看哪里有书店。很快查到几公里之外有一家“大亨书店”。不用说，我敢肯定是一家文学品味上好的书店。店主或许还和我们一样，是“爵士时代”代表作家菲茨杰拉德的忠实粉丝。看这个书店名字，不能不让人想起F·司各特·菲茨杰拉德的《大亨小传》(《了不起的盖茨比》)或《最后一个大亨》。我们兴致勃勃地出发寻找“大亨”，到了附近，七拐八拐，终于看到了，结果，哎……打道回府时，我们上了一辆公交车，更加具有讽刺意味的是车上有一位乘客，她的样子（主要是发型和犯困的感觉）和菲茨杰拉德的女人泽尔达相像，但是，你也许会说，因为寻找菲茨杰拉德的“大亨”失败了，所以，身旁任何事物出现，我都会联想到他。好吧，你这么说，我也不反驳。在公交车上，我把目光从“泽尔达”身上收了回来——泽尔达·塞尔，绝了——想起当年十九岁的她写信给菲茨杰拉德——

“我不想活，我只想爱，顺便活着。”

*

尤迪特·海尔曼有一个短篇《暗箱》，充斥着一种怪诞的趣味。讲一个叫玛丽的痴迷于艺术的女孩和一个个子比她矮三个头的怪异艺术家的罗曼史，这个故事藏有某种隐喻。矮个子艺术家问：“你每次对着我的目光是什么意思？”玛丽回答：“亲近，好斗，还有性欲，认可。”这个小个头艺术家，是个天才，也像是个魔幻精灵（他用高超的电脑技术玩艺术）。他有着西班牙的血统，嘴很小，小得几乎没了……可是他的眼睛很漂亮，他穿儿童尺寸的衣裤。作者一定使用了夸张和幻象的手法，但不妨碍故事的可信度。我身边就有一位小个子艺术家，能量奇大，对于自己低于常人的身高不仅不自卑，反而还能利于这一特点达到一些出其不意的让人叫好的效果。他身上也有异国血统，自信、果敢、直接，敢于挑战一些难度，常博得比他个头高出很多的女士喜欢。小说里的这个小男人问玛丽什么是幸福？可曾背叛过他人？假如仅仅是因为外表而达到目的，会感觉不自在吗？他这么喜欢提问，也使我想到刚才说的那位朋友，他也总是不停地提出一些“严肃”的问题，仿佛自己一直处于哲学家似的怀疑和思考之中——通过玛丽的回答，可见玛丽的境界不比他低，而且比他更加坦率自然。一个人才华再突出，如果很装很做作，也就无趣了。但也许正因此才会出现一些幽默和荒诞的效果。玛丽这么回答：

1. 幸福总是存在于它出现前的那个瞬间，是在其实该是幸福的那个瞬间之前的一刹那，那一刹那我是幸福的，然而我对此却一无所知。

2. 我相信，我背叛过很多人。

3. 我觉得由于我的外表而获得了什么，那好的。

尤迪特·海尔曼1970年出生在德国一个知识分子家庭，但她生性自由，从小不安分，有颗漂泊的心。中学毕业后离家出走，跟随一个年轻的乐团浪迹江湖，她担任这个巡演乐团的业务经理——其实就是一个打杂的——乐队日常的一切都是由她负责,因为她是该乐团主唱的女人,还有了孩子（后离婚）。她小说创作的灵感来源，一定和这些动荡不安的流浪生活很有关系，笔下的人物总是一不注意就从正常的生活轨道上偏离了出去。小说家截取一个个生活片段，牵连出各种各样的生命样态，可总是遗憾。

*

石川啄木是在我的想象里能在一段孤寂的旅途中邂逅的人，你熟悉这样的感觉：即使相对无语，在各自的眼神里也能荡漾开无声的话语……孤寂者，充盈也。所以哪怕旅途漫长，相知的人并未如愿出现，你也会在内心虚构出一个情投意合者来与你经历一段幻觉般，却真切、性感的时光。只是当结束旅途，一切照旧，你却发现，天哪！刚刚逝去的那些光景并非是自己的想象，而是真实的存在，你站在镜子前看到的自己俨然成了别的某个人，几个迷路的音符竟然奇迹般地走到一块儿、各就各位形成了韵律。二十七岁（虚岁）,最多情、迷人的年岁，石川啄木逝去了。少一岁不可，多一岁不行，这样的境遇，本身就像一首和歌。我记得也是二十七岁那年，在夏天已过去但秋天却还未到的时节，心情郁闷，不知该怎么办，于是在一个鸽哨声响起的傍晚，我奔向了火车站，随意买了一张火车票去北方。我记得一个情节，我随身带着的一本茨威格（多年之后另一个当事人回忆起坚持说是里尔克），在半夜我梦中翻身时掉了下去（我在中铺）。晨起下床去盥洗室，看到下铺的女子靠窗坐着，正捧着这本书在读，她不动声色地说：

“夜里你的书把我砸醒了。”

就是这段旅途，一个奇妙的缘分，我读到了石川啄木。一下子就感觉拥抱了一个奇特而能共鸣的灵魂，其中有一句短歌看得我一阵悲凉可又笑了出来，因为它为我的这趟旅程做了一个十分准确的注脚——

不知怎的想坐火车了，
下了火车
却没有去处。

*

石川啄木短歌里的调性弥漫着的感伤与苦涩令人无法拒绝。对，无法拒绝。因为在这些“难过”的情绪里面又包含了无数的生命滋味，像一条条在暗夜里交错流淌的水流，不知不觉在你心底之河形成漩涡又激荡起爱欲和激情——

来到了郊外
不知怎的，
好像是给初恋的人上坟似的。

怎么搞的，这个奇怪的石川啄木，看，又是一个“不知怎的”！可是细想一下，人之一生就是无数个“不知怎的”所组成。这“不知怎的”是一个疑惑的音调，可疑惑之后，旋律也会渐渐明朗，尽管还有些自我怀疑，在那些日子里，一支歌曲在荡漾，这支歌曲，很像是我在练习（学）石川啄木的和歌——

你是不是别的某个人，
摊开掌心你看见，
一只黑鸟，急速地穿过了两三个女人。

除了这些伤感、颓废和莫名的情绪，这位短命天才的生命细胞里也不乏理智和幽默。人生有两样最不可或缺的因素：健康和幽默。石川啄木无法兼而有之。看诗人相关的生平故事，他短暂的人生之旅，令人唏嘘，他这些幽默的表达里也散发出一丝哀伤——

不知道在什么时候
学会了假装
胡须也是在那时候留的吧。

*

石川啄木说，诗是可以吃的——这是他的诗歌理念——他生前专门撰文一篇《可以吃的诗》。石川啄木之所以说“吃诗”，是因为他认为诗歌即日常，是“两脚立定在地面而歌唱的诗”。这可以“吃的”诗，并非山珍海味，而是像我们日常吃的小菜，对我们每天都是必要的。这种“诗”的感受和现实生活毫无隔阂。啄木强调，诗人，何谓诗人？非“人”不可；他必须具有“凡是普通人所有的一切东西的那样的人”。诗人孤独而清醒地品尝着人性的隐秘和真实。所有寻常的事物都有其隐藏的深意和奥妙，诗人以某种他擅长的方式解开这些奥妙，但又没说出更多，反而还有意无意地掩藏了一些，可就在那一刻，平淡无奇的生活里竟然闪现出一道奇迹（神迹）！想起石川啄木，脑海里偶尔也会闪现他的一位同胞诗人讲过的一句妙语，这短短一句却也贯穿很多类似命运、性格的人的一生：“情欲之长人生之短。”石川啄木以他的节奏唱腔将这句同胞的喟叹接了下去——

有时候
想起你来
平安的心忽然的乱了，可悲啊。

*

人生，一场虚幻的真谛。

*

读莫迪里阿尼传记，看到一个与他——无论性格、遭遇、艺术——相互映照的人物：亨利·戈迪埃－布尔泽斯卡。此君，诗人庞德还为他做过传呢。他的一生和莫迪里阿尼一样短暂而混乱，一样充满了灼热的情感，与诸多女人牵扯着缠绵而不幸的关系。除了这位亨利先生，在莫迪身边出现的每一位艺术家、画家、作家、经纪人、女人……一个比一个光彩四溢，处处流露出人性的光彩。马克思·雅各布、朱尔斯·帕辛、迭戈·里维拉，还有里维拉的前妻马雷弗娜。许多当年的风云人物再现，都是通过马雷弗娜之口说出，说明他们那时候生活在一个没什么隐私的圈子里。其中当然少不了苏丁和布莱斯·桑德拉尔。苏丁的鬼才与怪诞自不用说，桑德拉尔的超常与神奇也是令人咂舌，他在战争中失去了一只胳膊——但他的生命力似乎比任何健康者还要旺盛，他的精神头一直高昂，从容而幽默——他时常让那空荡荡的衣袖做出各种手势来！这令人难以置信。美国作家约翰·多斯·帕索斯每次回忆起来都心有余悸，他说桑德拉尔一手开着他的法国小汽车，用他的钩子不停地换挡——“和他行驶在盘曲的山路上，你的头发都会吓得竖起来！”海明威说桑德拉尔吹起牛来，比许多人讲真实的经历还要有趣得多：

“我看见他那张毁了容的拳击手一样的面孔和那只用针别起来的空袖管，他用没受伤的那只手卷着烟卷……”

当时还没有写出《北回归线》的亨利·米勒简直就成了布莱斯·桑德拉尔的门徒和最佳效仿者，因为后者身上的硬汉气质和那种女性完全无法抗拒的魅力，他太渴望自己也能拥有。米勒跟他相好的安娜依斯·宁说——

“他很粗野，像个水手，但是个好人，他常用他那只“空”的胳膊深情搂住我的脖子。”

米勒后来还在书中写到桑德拉尔的性格中混合了人生百态：强盗、革命家、情人、流浪汉、交际家、拳击手、冒险家、诗人、魔术师、演员、疯子、好人集于一身。看传记作品里出现的传主之外的一些怪人，就像读历险小说、看黑色电影，主人公的曲折故事固然令人拍案叫绝，但我们对那些个性鲜明的配角亦投以很多热爱。

*

书中说胡安·鲁尔福与奥古斯都·蒙特罗索是一对好朋友。搞不清现实中是否果真如此。出版了《佩德罗·巴拉莫》之后三十年，胡安·鲁尔福就再也没有出版过新书。很多作家也都这样，写出成功的书之后，就自我隐身不再创作了，好像故意留下一个谜。他们为什么再也不写了呢，是博得大名之后彻底放弃一切甘愿平凡吗？还是自知江郎才尽，再也没有感觉重新进入写作的状态了？或者就像兰波那样，在十九岁那年出版了自己的第二本书之后彻底丢下了文笔——改头换面——投入一个全新的冒险旅程。当有人问起胡安·鲁尔福为何没有新作品出现了时，他的回答出人意料：

“因为我叔叔赛乐瑞诺去世了，而我所写的每一个故事都是他告诉我的。”

知情者说，鲁尔福这话并非捏造，他真有个很会讲故事的在教区工作的叔叔，长年累月，必须走过一个又一个村庄（有很多地方偏僻而危险），为村里的孩子施天主教按手礼。叔叔是个爱好杯中物的家伙，鲁尔福经常陪着喝醉了的叔叔从这个地方抵达另一个地方，可以想象，一路上这对叔侄俩故事多多。鲁尔福说，叔叔跟他讲的很多故事，他其实知道都是编造出来的，但令人上瘾，所以他说：

“我写下的一切也都是纯粹的谎言。”

好玩的是，叔叔虽然是教区施行按手礼的牧师，但他根本就是一个无神论者。我终于明白布努埃尔何故有那句经典名句了：“多亏了上帝，我成了一名无神论者。”奥古斯都·蒙特罗索也是一个智慧人物，我觉得他和胡安·鲁尔福不相上下。他借用自己笔下的一只狐狸，表达了自己的内心。大概是说狐狸出版了两本书之后，名声大噪，他自己也颇为自得，但也比较清醒，此后数年没有发表新作。周边的其他动物议论纷纷，狐先生怎么不出新作了？一次鸡尾酒会，大家都趋身问狐狸，何不继续出击，再度震惊文坛。狐狸谦虚地说，已经出了两本了而且口碑、销量也都还好，所以……（只出一本书，有人会觉得作者获得成功，是靠撞大运；两本，那就是向世人证明，写作者我是有实力的，并非只是靠运气和激情。）众人却说，那更应该乘胜出击啊，我们都万分期待着呢！但是聪明的狐狸很清楚，大家是等待着他出一本失败之作，看他的笑话，他是不会掉进这个大家设下的陷阱的。

*

瓦莱里讲乐观主义者书写得都很糟糕，可是布朗肖却说悲观主义者就根本不书写！可是，这么多书——这么多好书究竟是怎么出来的呢？我想，是不是悲观者们后来觉得：哎，还是写点什么吧，是的，写作并不重要，可是除了写作，我们这些悲观者也没有其他事情可以做啊，那就写点什么吧。

*

《不合时宜的人》是戏剧作家阿瑟·米勒专门为妻子玛丽莲·梦露而写的电影剧本。他这辈子就写过这一部原创电影剧本。他希望通过这部电影能使梦露走出灰色的自己，也能使他们的情感危机得以化解。结果，事与愿违，影片杀青时正是他们的分手日。这部片子的导演是约翰·休斯顿（梦露的影片处女秀就是给了他 1950 年的《夜阑人未静》)，男主角是当时好莱坞一号男星克拉克·盖博。阿瑟·米勒当时把剧本给盖博之后，第二天盖博坦言没看懂！他问米勒，是一部西部片吗？因为这位女人们的第一偶像之前所演的电影都有些脸谱化——好人/坏蛋——忠奸分明的,可是这一部,他看懵了……米勒告诉他：

“这一部戏讲述了生活的无意义，或许还讲述了我们是如何走到这一步的。”

这么一说，盖博马上有了感觉，第二天爽快地答应：演！虽然这是一部好莱坞电影，但是我们看着却很有法国文艺片的感觉，回荡着爱和苦涩。

*

聂鲁达在《疑问集》里有一句——“世上可有任何事物比雨中静止的火车更忧伤？”我补了一句——

“有，

“在雨中，

“这辆静止的火车比缓慢还缓慢地蠕动了起来。”

他又问：如果所有的黄色都用尽，我们用什么做面包？我答：淡黄色。他还问：满月把夜间的面粉袋放置何处？我说：过去那一轮弯月里。他又问：囚禁于彼特拉克的十四行诗中，苍蝇会做些什么？我想了一下回答：肯定不是找伴侣。他继续发问：为什么跳蚤和文学士官咬我？我反问他：咬到你是疼还是痒？还是不疼不痒？或：又疼又痒？他又问：被遗弃的脚踏车如何赢得自由？我说这个最好回答：遗弃即自由！他换了换感觉问：为何不颁奖给第一片转黄的树叶？我回答：颁给第三片不是也可以吗？或者第五十七片？为何专门要颁给第一呢？接下来这个问题他问得有点没意思：西瓜被谋杀时，为何大笑？我回道：朋友们都说，笑比哭好。他又问：我可以问问我的书，那真的是我写的吗？我笑着回答他：真真假假呗。他还有很多问题，比如：三色的鲸鱼为什么在路上拦截我？我说：因为那时候三色的鲸鱼把自己幻想成了海盗，而你，你身上有很多金银财宝。好了，我不想回答了，亲爱的聂鲁达先生！咱们下次见！不，不，咱们最后再来玩一个，诗人劲头很足：我要如何告诉乌龟，我的动作比它还迟缓？我有些厌倦了，随口说：你就告诉他，乌龟先生，我此刻不是聂鲁达，你看见了吗？我是那列雨中静止的（忧伤）的火车……

*

重读《巴托比症候群》，在临近尾声的时候，居然看到意大利导演安东尼奥尼出现了！这不可能啊，他，一位享誉世界的导演怎么可能出现在这堆具有“隐身术”的作家群里呢？而且前年读的时候，也根本没觉得他在场，怎么回事？照理讲，这些我热爱的作家、诗人之外的艺术家在文学作品中亮相，我是会格外兴奋从而下功夫记下来的……好吧，一定是当时自己因为什么，而走神了。或者是记忆出了问题。这一次我绝不会让它错漏了。在这里《巴托比》作者比拉·马塔斯谈起了安东尼奥尼的情感三部曲之一《蚀》(又译：欲海含羞花)。我总有这样的感觉，看安东尼奥尼的片子，他既为我们讲述了故事，同时又将这些故事消解了。不像我们看传统的电影，故事发生，前因后果，一目了然。安东尼奥尼这位被称之为“偷走新现实主义自行车的那个人”，他运用镜头，就像那些捕捉现实碎片和细节的小说家，不呈现一个所有读者都能轻易就读懂的故事，他甚至刻意将故事陌生化，将一个个彼此原有的关联切断，或搞得暧昧不定。可是即便故事陌生了、情节模糊了，但从里面走出来的人却是真实的而且充满了“渴望”，我们被他们的情绪、味道所吸引，感染，就像从那个毫不起眼的碎片里，突然由于一束阳光的折射，反映出了整个人生。在书中，我们得知安东尼奥尼正是从一首——无所从来亦无所去——诗歌里获得拍摄《蚀》这部电影的灵感。这首诗歌出自爱尔兰诗人路易斯·麦克尼斯笔下。马塔斯说，时至今日这位诗人已遭大众遗忘，但曾经是北爱尔兰首府贝尔法斯特最伟大的诗人。这首给安东尼奥尼带来启示和灵感的作品，在很多诗歌爱好者看来也许并不怎么样，可是他的独特与某种哲学的想象，还隐约跳跃着一丝幽默。就像几个调皮的音符在眼前晃动，组成的旋律在和谐与不和谐之间，但很快挑逗般倏地不见了——

“想象一个数字

“将它乘以 2

“乘以 3，再乘以 4

“然后，再将它从脑海中擦去。”

想想，现实中的很多事件（人与人的关系）不都是如此吗？像爵士乐一样地随性到来，即兴消逝，一些看在眼里的“真实存在”，不经意之间被时间抹去，化为乌有。安东尼奥尼读到这首诗之后，内心被激发，马上就定下来要拍摄一部平淡真实、闪现消隐的电影，一对男女他们的感情因为时间的流逝而淡去。正好在拍摄期间，佛罗伦萨将有日全食出现，导演带队拍摄下了整个过程。安东尼奥尼在日记里写道：“太阳消失了，大地冰冻寒冷，沉默，鸦雀无声，天空出现一道莫名其妙又与众不同的光，而后又再度黑暗，我们的文化里也有这样的黑太阳……”

*

阿瑟·米勒回忆小时候，总的来说还是比较快活的。尽管父母对他的哥哥比较重视，长子嘛。只是他的长相有点奇特——长了一对大大的招风耳，颇为滑稽可笑——时常被人调侃。每一次两个舅舅（摩和海米）来家串门，总会说：“把耳朵收起来哦，我们马上要过隧道了……”可是就是这么两个风趣的舅舅，命运却都很悲惨。摩舅舅参加过第一次世界大战，退伍后精神备受摧残，万念俱灰，英年早逝。在部队里他负责赶驴运输弹药到法国前线去，是一个高挑、温和的男人。米勒说自己长大后和摩舅舅很像。海米舅舅，米勒说他智力平平，但很俊美，人特别逗、特别闹，把自己搞得整体很有派头，跟当时好莱坞明星乔治·拉夫特很有一拼！他在大萧条时期，一无所有，但每周还是会悠闲地散步到理发店，把自己弄得有模有样，上粉，喷香水，“连那位意大利理发师都觉得他虚荣过了头”。这位那么爱美的舅舅，在二十七岁时的某一天走进一家药店买消食片，等店员转身递给他药时，发现他已经倒在地上死了。海米舅舅有心脏病，也参加过一战。

*

刚才是两个舅舅。阿瑟·米勒有还有一个叔叔，他是一名很有意思的推销员。米勒回忆这位性格古怪的叔叔，像只矮脚鸡，眼凹陷、鼻肿塌，讲话口齿不清（这还能当推销员啊！）但个性可爱，“活脱脱像地里冒出来的潘神”。叔叔怪诞，叔叔的一个儿子（米勒的堂兄艾比）有过之而无不及，父子俩都是“活宝”级别的。米勒说就像自己的父亲和叔叔之间有些暗地里的“较劲”（家族内部成员的攀比），堂兄艾比也跟他有点这种较量，因为当时米勒通过写作已成为一个“名人”，所以艾比心里有点……一次艾比主动邀约米勒去他家做客（艾比三天前就定好了这次碰面，所以他做好了一切“准备”，以此显摆自己也有某些方面比米勒厉害……），米勒应邀前往，刚进艾比的家，正巧有两个美艳绝伦的女子从卧室出来，还非常亲密地在艾比左右脸颊亲吻了一口，而后扣上衣、拉好直筒袜匆匆离去。艾比笑呵呵地说：

“我喜欢一次玩两个。”

米勒小时候到这位叔叔家玩，碰到过几次叔叔的一位推销员同事——那是个少了一条腿的人。这个推销员见到米勒会友好地打招呼：“你好呀，阿瑟，过得好吗?”阿瑟·米勒记得很清楚，此人的那条木腿，当时就搁在椅子中间。米勒说这个木腿推销员不苟言笑，善于倾听，常常流露出若有所思的状态。“挺好的”，米勒回答他。同时他有点受宠若惊，因为他觉得大人主动问他，这说明他长大了！“你变了，变得严肃了。”木腿推销员继续说。这一句就更加令米勒感受到一丝庄严了，他似乎变得自信，回到家后不停地在镜子里研究自己的脸……一个人的童年、少年所经历的一切太重要了，若不是这些推销员叔叔们，阿瑟·米勒会不会写出那部令他享誉世界的《推销员之死》呢?

*

今天我去公园跑步，跑了七圈（一圈一点五公里）。我是听着卡佳·盖雷罗的一场演唱会专辑跑的。在第三圈与第四圈中间，感觉耳机里传来一种拖得很长又时断时续的“音效”。它的音高正好处在当时那首歌曲的调性里。但凡音乐里出现没有音高（只是制造氛围）的音效，总会使人产生一种很游离、空旷的感觉，会使听者漂移，或者干脆说，每当那种寂寥、单调的音效响起，聆听者一下子就会出神，走到歌曲以外的地方……可是今天这音效，感觉又有些来自“世俗”！于是拿掉耳机试试，哎，什么音效，是救火车！是救火车声音的音高配上了音乐里的，两者合在了一起。知晓了真实情况，再戴上耳机，可依旧很合拍，很好听，那音效营造出的一种寂寥的空旷在主旋律背后回荡，诉说着什么……跑步回家，妻子说刚才有点吓到她。我问怎么啦？原来她从外回来，看到小区外面停着救火车，里里外外围了好多人，一些人拼命往里挤，心想不会是自己这栋楼出了什么事吧。结果，果真是我们这栋楼的五楼，一位老太太下楼倒垃圾，没带钥匙不小心把门带上了，厨房锅里正烧着东西，房间里只有她的两三岁小孙子……没办法，她打 119 叫来了消防车。正在那时刻，我听到了卡佳·盖雷罗演唱会里的“音效”。

*

有谁敢说世界巨星亨弗莱·鲍嘉不是一个好演员？某一年在他的电影回顾展上，影迷们在观看《卡萨布兰卡》时，从头到尾，亨弗莱·鲍嘉的台词是集体一起念出来的。想想，这哪是看电影——电影是独自一人进入某种幻梦般的时刻——整个儿是一种“夸张的庄严的仪式”！大家知道，新浪潮导演戈达尔在执导他的处女作《筋疲力尽》时，正值鲍嘉去世不久。不仅主演贝尔蒙多抽烟的样子与鲍嘉如出一辙，影片中还有随处可见的这位美国演员的海报。如此说来，无论是广大普通影迷还是行内艺术大鳄都会认为鲍嘉是一个好演员，甚至是全世界少有的伟大演员之一。可是偏偏就有人说鲍嘉不是一个好演员。

“他只是个二流演员，但性格迷人，成功地抓住了世人的想象。”

敢说这样话的人自然不是一个凡夫俗子，他就是“公民凯恩”奥逊·威尔斯。但他虽然说亨弗莱·鲍嘉不是一个好演员，可又承认他是一个大明星！奥逊·威尔斯是在和他的好朋友雅格洛家常式地聊天时说得这番话，他们当时还谈及鲍嘉出演的一些电影如《马耳他之鹰》《江湖侠侣》《卿何薄命》《兰闺艳血》《盖世枭雄》等。正好头个月我和尹奈尔把这些电影一并找来重看过。凑巧的是之前尹奈尔也曾“微词”过鲍嘉，她认为鲍嘉在电影里太脸谱化了，从头到尾都是一个“英雄形象”，鲜有真实的普通人的味道，所有不可能完成的事件，一经他手就变得轻而易举了。一言以蔽之：有点假。可是我们看了他在约翰·休斯顿《碧血金沙》里的表现，却非常喜欢，其原因就是约翰·休斯顿并没有把他塑造成一个“全能”的人，甚至让他暴露人性的种种不堪。所以，好看！关于世人们全部叫好的《卡萨布兰卡》，亨弗莱·鲍嘉曾亲口跟奥逊·威尔斯说：

“这是我接过的戏里最烂的一部！”

可是，不管如何，奥逊·威尔斯说他非常喜欢亨弗莱·鲍嘉，说他是一个有意思有魅力的人物。“有的人说他不会演戏，有的人说他很会演。但他那种明星特质是无法否定的。”威尔斯还说鲍嘉是一个勇敢的人，在真实生活中，很有趣味，不会人云亦云，非常坚持自己的看法——尽管有些看法很蠢。

“他不算博学，可喜欢装成博学的样子。”

看到这儿我明白了，奥逊·威尔斯说的鲍嘉的“装”，正是他在电影里表现出来的那种非凡的、万能的、硬汉形象。这一切也许是导演、剧本的要求——要求他必须装得酷一些，以获得更多女影迷的追捧——但也许，实际上他本身多多少少也有点这种“装”的个性。不过这一切是多么有意思、好玩啊。

*

约翰·休斯顿的电影《碧血金沙》好看而富有寓意和哲理。一谈到哲理、寓意，有人马上会觉得那是否很晦涩或有些说教意味？没有，这部电影一点不晦涩也毫无说教的意味，所有一切化为人尽理解的世俗平常，但留下余味，不会淡去。我是看过电影很久之后才知道这部电影的剧作家是谁，简直可以将他与导演之间的往来、“交手”拍成另一部悬疑侦探片。虽然大家都知道这个剧本的创作者叫 B. 特拉文，可是谁都不知道他的真实相貌，而他的这个名字也许也是假的，因为有人统计过他的笔名和化名，不计其数，少说有三四十个！对于这样一位神秘人物，约翰·休斯顿自然很想领略一下其风采，见见他本尊。不料这一次 B. 特拉文居然爽快答应了，也许是他也很想见见这位世界上最有影响力的导演。电影开拍在即，他们就约好时间在拍摄地墨西哥的巴梅尔饭店见面，休斯顿表示也很想就剧本里存有疑惑的一些内容向作者请教一番。约会日期到了，休斯顿自然兴致勃勃前往。至于作家呢？不用想，临到头，他失约了。过了几天，导演在酒店房间一觉醒来，只见床头站着一位陌生男子，他自称是B. 特拉文的朋友，双手呈上一封特拉文的亲笔信。约翰·休斯顿恍惚在做梦，所以他依旧赖在床上，任凭这位自称哈尔·克罗夫斯的家伙读起信来，信是特拉文写的，他说，很抱歉失约了，因为突然病倒，但哈尔很值得信赖，是他的好友，也是他的文学经纪人，有关于剧本的任何问题可以随时与他沟通。于是这位经纪人跟着剧组工作了好几个礼拜，不太像冒牌货，因为对特拉文的作品细节了如指掌，行为举止虽然颇为怪异，但也友善热情。离开团队之后，约翰·休斯顿、主演亨弗莱·鲍嘉，以及所有片场人员猛然醒悟，文学经纪人兴许是一个幌子，他极有可能正是B. 特拉文本人！

*

真真假假，直到B. 特拉文去世。他究竟是谁？那么多分身，哪一个到底是他？这些依然是一个谜。据说就连他的遗孀也有很多时候是糊涂的，搞不清楚自己丈夫究竟是何方神圣。（而他们的继女则信誓旦旦地说，她曾好几次看到继父与他的文学经纪人哈尔·克罗夫斯对话！）特拉文这位晕乎乎的遗孀，让我想到一位中国妇女潘兰珍，她是著名的新文化运动主要领导人陈独秀的夫人。他们一起生活时，潘兰珍并不知道自己老公就是陈独秀，她只管叫他老头儿。1932 年陈独秀被捕，一时大街小巷热议。潘兰珍女士也加入评判：

“这个陈独秀太自傲,这回认栽吧,搞不好这次他要掉脑袋。”

晚上潘兰珍父亲回家带回一张报纸，图文并现：“陈独秀已押到南京受审。”这时候她惊呆了：“原来陈独秀是我的老公!”这则趣事，我是在胡洪侠的“书话”里看到的。不管真假，读后开怀。关于约翰·休斯顿与“B. 特拉文的文学经纪人”的会面，美国作家巴里·吉德福以此写成了一个小剧本。生动、简洁而形象。最后休斯顿将这个神秘人物送走之后,亨弗莱·鲍嘉来了，休斯顿很笃定地跟鲍嘉说：“他就是特拉文。”而后他俩去见一个女演员，休斯顿是个出了名的好色鬼，他想做点什么。鲍嘉说：“约翰，她从来不是那样的女孩。”休斯顿问：“你有多久没有见过她了?”鲍嘉说：“几年了。”休斯顿胸有成竹地说：“几年间很可能发生很多事，改变很多人。”他俩正要迈腿出门时,约翰·休斯顿看见特拉文/克罗夫斯的软木帽落下了,他拾起来戴在头上，找姑娘去了。

*

玛琳·黛德丽居然是一位锯琴手！我们只是在影片里看见她拉手风琴唱歌。在《控方证人》这部片子里，有一段落她在大兵堆里拉着手风琴唱歌太帅了，她的那条笔挺喇叭裤更是显示出一股无与伦比的飒爽英姿。黛德丽小姐是什么时候学会拉锯琴的呢？奥逊·威尔斯回忆有一次演员们去给军人做慰问演出，大家都叫黛德丽唱首歌，可是她说我表演拉锯琴吧。锯琴？一开始大家都没弄明白，当黛德丽开始表演时，大家都呆住了，惊叹这种乐器的魔力。

像玛琳·黛德丽这样的女子，是很会令人迷醉、上瘾的。在银幕上，你会觉得她散发出来的魅力完全超过了角色本身。说到明星、偶像，很少用到“才华”这个词（才华仿佛只跟作家、艺术家、手工艺人等相关），因为他（她）们的闪亮登场，外在的一颦一笑就将人们彻底征服，人们已经不要他（她）们有什么内在修为。但是玛琳·黛德丽这位上世纪四五十年代神秘、迷人的世界级巨星，她的才华源源不断。对演员一向非常挑剔、不给好脸色看的希区柯克，在执导黛德丽的时候也放下了强硬和冷漠，他甚至说黛德丽不仅是位优秀的演员，还是一个专业的艺术指导、摄影师、作曲家、发型师、化妆师……拍片时，她会早早到场，你猜这位生性散漫自在的演员，早到干嘛？她要抢在摄影师到来之前把光布好，她完全有经验，什么样的光打在自己的身上是最魅惑人的。因为电影，说到底是属于光影的艺术。

说到这儿，八卦一下。玛琳·黛德丽也是一位乐于追逐爱情、时常陷入爱情的女人，我们知道，一个人的才华，也来自他（她）对人性的理解，对自身欲望的探究。据可靠人士提供的消息，黛德丽的“爱宠”一个比一个富有艺术才华和人格魅力：德国大导演约瑟夫·冯·斯登堡、法国国宝级演员让·伽本、美国偶像巨星约翰·韦恩，以及《正午》男一号加里·库珀、《后窗》主演詹姆斯·斯图尔特……还有很多。

回到刚才的锯琴，想（看）到锯琴（就是一把锯子的形象），听到它的声音，会令人感到某种突兀的感伤。没有冬不拉个性，鲁特琴迷人，班多钮精致。它的音色，不仅仅是浪荡漂泊的流浪者的感伤，偶尔又夹杂着一些刺耳声，刺啦刺啦，仿佛一个旅人（患病肺结核）暗夜里的咳嗽——路途遥远，似乎无望达到终点。

*

谁是坏消息先生？就是在报社工作的专门撰写悼文的记者。这世上，最出其不意降临到人们头上的是什么？死亡。正是因为死亡的随机性，所以各大报社专门有坏消息先生，早在那些名人、大鳄去世之前，他们就已经开始做好准备，甚至已经写好了关于他们的生命历程和情感过往的悼念文字。只有这样，早做准备，报社才有可能第一时间发表出一篇值得推敲又充满文学想象、经久耐读的悼文。所以坏消息先生不是很好当的，他每天的工作量很大，全世界各个领域的大人物们的不同人生，他必须发掘、研究，而后等待死神降临到哪位人物头上，他就以特殊的文笔娓娓道来这位逝者值得人们追忆的一生。由于工作的特殊性，他们也许会经常做梦——梦见一位名人突然死了，可是自己对他的情况所知甚少，这，如何下手啊？总不能胡编乱造吧，尽管人生也就像是一场虚构；或者他梦见一个名人死而复生（或根本就没死），而他的追忆性悼文却在全国大范围扩散……

但不管如何，因为整天“死生为一”，这些坏消息先生通常也就看透了生死。有一位极具幽默的坏消息先生，不想那一天到来——别人为他写悼文——所以他早早就写好一份塞入报社资料室：“这是我为 ×× 报撰写的四千三百二十一篇悼文中的最后一篇，这肯定是最后一篇，因为我已经离开这个世界了，我之所以自己亲自来写悼词，因为我比任何人了解自己，我就是这个死者本人……”

*

多年前看过一部法国电影《一个男人和一个女人》，故事平淡，似乎没有什么地方很精彩让人反复回味。不过也许正是这种乏味无奇——像极了每个人的现实日常——才又显示出某种“平淡”的魅力吧。这部电影，它上映于 1966 年，获得戛纳电影节金棕榈奖。在现场，当公布获得金棕榈奖项时，导演克洛德·勒卢什带领演员们跳起了华尔兹，不管场内其他人的心情……与这部电影一起角逐金棕榈奖的还有奥逊·威尔斯的《午夜钟声》，威尔斯这部片子被认为是莎士比亚戏剧中改编成就最高的一部，实际上也是当年金棕榈呼声最高的一部，可想而知，评委会将大奖颁给《男人女人》时，台底下的观众有多生气，他们大声喧哗，表示不服。稍后，评委会又颁给《午夜钟声》一个无足轻重的奖项（技术奖），观众站起来鼓掌长达九分钟，以抗议评委们的严重错误！幸运者克洛德·勒卢什，为了拍摄这部电影《男人女人》，几乎倾家荡产。获奖之后，名利双收，不仅还清所有债务，还创办了自己的电影公司，从此一帆风顺。这部片子里，有一个地方男女主角聊天。

——"你知道雕刻家贾科梅蒂吧，他说失火时，在伦勃朗和一只猫之间，我选择抱出那只猫。"

——"他还说，救它离开火场后，我会放走它……"

很多电影里都会穿插一些画家、艺术家和作家的轶事趣闻或其语录，漫不经心，并非文艺或不文艺的。因为在普通的生活里面，处处都充满着文学艺术，很自然，不做作。在安东尼奥尼的《奇遇》里，在海岛上神秘失踪的安娜其行箧上有两本书，一本是圣经，还有一本是菲茨杰拉德的《夜色温柔》。忠实于安东尼奥尼的影迷能感觉到他的片子里有一种"迷惘的一代"的气息。侯麦《沙滩上的宝莲》这部电影，海报上是一位少女（宝莲）裸身坐在床上，床头的画作是马蒂斯的名画《罗马尼亚人的上衣》，很低调，也很抢眼。

*

1895年电影诞生。某日，在巴黎一家咖啡馆播放电影发明者卢米埃尔兄弟的《火车进站》。当放映到火车进站的场景时，惊慌失措的观众尖叫起来，纷纷逃离座位，生怕火车压过来，因为，大家就在前几天看到了报道——“一列行驶的火车失控，冲破蒙帕纳斯火车站外墙，摔倒在大街上，砸死了一个在街上兜售报纸的妇人。”看到这里面的两个字“摔”和“砸”，令人忍俊不禁。

1. 火车拟人化。

2. 它自己也颇觉意外。

3. 谁没事希望自己不小心摔倒呢，多难堪，还令无辜者丧命。

4. 调皮狼狈相。

*

杰拉尔·菲利普在《肉体的恶魔》这部片子里太年轻了！不仅他俊美的脸庞是稚嫩的，就连他的嗓音也很童稚——我相信任何一位女性都会为这样的男孩，心醉（碎）——这正像他饰演的高中生角色。菲利普出生于1922年，他在1946年拍这部片子时，二十四岁。影片里他一见钟情爱上的女孩（米切林内·普雷斯利饰演），她也出生于1922年，不过看上去要比他大一些，她的角色是一名上了前线的军人的未婚妻。这部残酷而绝望的电影改编自一位天才少年雷蒙德·哈第盖的同名小说，另有译名《魔鬼附体》。不消说，这“魔鬼”定是青春男子的冲动爱欲。天才总短命，雷蒙德·哈第盖二十岁死于伤寒，他去世之后，他的同性爱人科克托坦言“心都空了”，只能靠鸦片来麻醉自己。他后来拍摄的《诗人之血》《奥菲斯遗言》里的主人公无疑都是这位他深深迷恋的娈童的幻影。他们相遇那年，科克托二十九岁，雷蒙德·哈第盖才十五岁。在《存在之难》这本书里，科克托说：“我第一眼见到雷蒙德·哈第盖，就猜到了他的才华。”

*

电影《周渔的火车》是导演孙周根据作家北村的小说改编的。电影上映（2002年）时，我们曾去影院观看。印象就是巩俐饰演的女主角一趟一趟来来回回地坐火车，还有孙红雷饰演的兽医颇有魅力，举手投足非常浪荡不羁，很有男子汉气概。果真，后来看到媒体报道，在拍片过程中，巩俐与比他年轻的孙红雷相爱了。今天消闲，从网上找到重看了一遍，感觉是一部较为平庸的作品，里面很多镜头总是用音乐烘托、渲染，搞得好像很诗意，实际上是做作。倒是之前不太引人注意的梁家辉饰演的角色，现在觉得更有看头。他饰演一个图书馆管理员兼业余诗人，经常用两捆颇有分量的书籍做哑铃运动，有一次巩俐来找他，他正在练习，他的提气（暗自用劲），巩俐的笑（欢喜暧昧），在那狭小的空间里，有几分情色味道。两人相遇之后，由于爱欲的激荡，诗人诗兴大发，写出不少动情的诗篇。可是激情总是不能长久的，尤其是诗人的激情……当他们爱欲之火正要黯淡之时，孙红雷饰演的兽医出现了。从诗人到兽医，这画面的转换，简直是阴阳换位。火车上，巩俐问孙红雷看什么书？他说只看兽医方面的，但他也会算命。他得心应手，展开爱情的攻击，叫巩俐摊开手，他抓住看了看，又叫她把手握起来说："命，在自己手里。"

*

超现实主义教皇（教皇、超现实，这样组合起来，听起来蛮玩闹和游戏性质的）布勒东热忱、激昂，充满艺术的个性里夹杂着一些孩子气，甚至说稚气也可以，他对于女人的追逐——男欢女爱——都要以别具一格的艺术方式来表现，这一切多少带点自毁（毁人）性，但也不乏幽默的效果。他外形的确很吸引人，有着狮子般的浓密长发和高傲的举止。但也有人说他充满阳刚气的同时，也流露一些女人味——也许是屁股太大！有一次才华横溢的恶搞大师达利跟他讲：

"我做了一个和你睡觉的梦。"

通常来说，朋友之间这样的玩笑话语，大家哈哈一乐，或者索性回应，好啊，感觉怎样？但是布勒东却有点生气，他严肃（教皇一样！）地扔下一句：

“亲爱的，我不建议您尝试！”

一方面，因为布勒东是学医出身，所以生活上极其严谨，做事非常规格化；另一方面他又是一个忠实的弗洛伊德信徒，所以免不了时时精神漫游、跌入虚幻的梦境。但也许一切事物正是因为其矛盾，才显得迷人有趣吧。你看他既喜欢毕加索，同时对毕加索最强劲对手莫迪里阿尼又崇拜不已；他既醉心马拉美又热爱兰波。他的精神导师保罗·瓦莱里不乏自嘲地说自己就是夹在兰波和马拉美中间的人物。布勒东早年很喜欢画家古斯塔夫·莫罗的作品。他觉得古斯塔夫·莫罗画笔下的女人令他发现了最初的美和爱，以及源源不断的激情——他崇拜的普鲁斯特笔下的斯万也是以意大利绘画中被理想化的模特的目光看待所有的人——所以在很长的时间里，布勒东都是以莫罗的“莎乐美”的容貌举止来衡量每一个他所爱（将要追求）的女人。

*

这一次我去江南某校所作的一场讲述，取名“日常生活的琴键”——

“而手风琴，

“则双手插在兜里，

“做着白日梦。”

活动结束，我去虞山拜访友人陶醉。他带我们凭吊柳如是，寻访黄公望，在途中还特地去了一趟翁同龢乡间旧居。陶醉跟我说，当年翁同龢被慈禧太后贬回老家时，每个月都会去当地县太爷那里报道一下，意思是说你看，我一直都在呢，我老老实实的，啥也没干啊。可是曾是两代帝师的他，如今赋闲在乡野也是孤独、寂寞，甚至无聊。有一次实在闷得慌，龢老便带一名家丁，划一叶小舟，晃晃悠悠到了常州。抵达当地的水岸码头后，上来，沿着街巷走不了几步，就到了一个老友家里。两位老友久别重遇，喝茶、聊天，吟诗作赋，老泪纵横。主人马上又吩咐家人烧几个小菜，快活地喝几盅。这位翁同龢的老友是谁——陶醉跟我特意提及过——我忘记了，总之是当地的一位名士高人，可除了这次翁同龢与他的会见，在历史史料中他从未出现过。我觉得，翁同龢这次划船拜访，也是“日常生活的琴键”，他们喝酒聊天，似水流年，所有人世间的失落与美好终将合而为一。船桨悠悠，韵律消隐又漾起。

*

读让·热内的《贾科梅蒂的画室》，体会到完全不同以往的艺术评论，无论手法还是运用的语句。是艺术家之间的心灵撞击，以及试探与拉扯。贾科梅蒂一直在场，不像一些评论家论艺术的时候——那劲头感觉他是其作品的主人似的——只是对艺术品评头足论，热内与贾科梅蒂如影随形。让·热内在书中说起一次火车旅行，包厢对面是一个看上去很丑又很凶的小老头——神启一般——让他突然明白一个道理——

“无论哪个人都完全等同于其他任何人!”

他的这个看法(认识)我认为实际上不是什么“神启”,而是跟之前贾科梅蒂跟他说的一句话有关联,那时贾科梅蒂正在为热内作肖像画,他的目光穿透了热内,说了一句:“你真美。”顿了一下,画家又说(这一句更为惊叹和神秘):“就像所有人一样,不多也不少。”贾科梅蒂与让·热内的这份默契,又使我想到你给我读过的那两句诗:

> 我缓缓走过,就像路途遥远,
> 即将抵达终点的人。
> 我的名字就是任何人不管是谁……
> 我是在上一段旅途中读的这本书,
> 我感觉那段行程所经历的情事、调子不多也不少。

*

一个十七八岁的小伙子,突然有一天不再跟母亲说话了,甚至有些怀恨在心,原来他知道母亲有了外遇,将要和父亲离婚,这种事情让他觉得倒霉,脸上无光。他的父亲是村子里比较老实的人,样貌普通,可以说有点丑。而母亲身材高挑、嗓音脆甜,称得上是个美人。那么,当初这样一个小镇美人为何会嫁一个跟她不相匹配的男人呢?原来当时她未婚有孕,眼看肚子一天天大起来，父母为了家庭名声，想着必须抓紧把她嫁出去，可是差不多条件的男人谁也不愿意她带着肚子里的野种一起进门，所以她也没得选择，通过亲戚介绍，嫁给了小伙子的父亲。小伙子很早就知道了自己的身世——不是父亲亲生的。可是他与父亲的关系很好，父母离婚，他毫不犹豫选择了和父亲一起，甚至几乎和母亲断绝了往来。想想，他母亲也是很悲伤的——他也知道母亲疼爱他——他们一家三口也有过很快乐的时光。去年秋天，我回老家，一个下午在县城闲荡，听到有人喊："风舅舅！"我一看，是他，那个小伙子，虽多年不见——现在他应该是二十七八岁了——但还认得（他与我外甥是同学，故也喊我舅舅）。他当时正在和几个工人在街边钉广告牌（一面旅游风景墙），神色略倦怠。县城很小，晚上我瞎转，在广场附近的另一条街上，又碰到他喊我，他精神头比下午好了很多，他说和朋友约好了去唱卡拉 OK，还热心地拉着我一起去。我说，下次，下次一定，与他挥手告别。

*

尹奈尔跟我聊起诗歌。她说很多时候被一首诗歌打动，似乎是诗人把一些本不相干的东西很自然地融合在一起，于是自己的内心仿佛也连接起天地间的一些事物，她提到冯至那首十四行诗——

哪条路，哪道水，没有关联，
哪阵风，哪片云，没有呼应
……
我们的生长，我们的忧愁，
是某某山坡上的一棵树，
是某某城上的一片浓雾
……

我与尹奈尔同感，不仅仅是诗歌，读到任何一段好文字，或看到一个心仪的艺术品，都会让人感觉很多看似不相干的事物实际上都紧密在一起（也疏散），而那一刻，我们恰恰也正处在某一件事物当中，甚至毫无知觉。有些时候这样的存在、显现和幻变，还会表现出一些神秘性，甚至突兀感，但依旧能感觉到事物之间的相互渗透，迷人和诡秘。想起俄罗斯诗人扎博洛茨基写过——

从前的一只鸟，
如今躺着，
成为书写过的一页纸。

这，太令人感觉万物的神秘和变幻莫测了，他接着说：

我往昔的思想是一朵普通的小花，像缓步的老牛。

扎博洛茨基一辈子遭罪，监禁、流放、服苦役，但一直保持开放的胸怀和童稚的热情。他曾倡导过一个诗歌流派叫“奥拜利乌”——以儿童的眼光看世界，以纯真的幼稚克服成熟的世故。“奥拜利乌”原文什么意思，我没去查明，我感觉就像一只鸟，乌切洛（Uccello）那样的鸟！奥拜利乌们认为现实生活充满了偶然与荒诞，所以诗歌与艺术也不需要逻辑化的表达。但尽管如此，在生活的底层、生命的尽头，荒诞与偶然都有来源也有去处，

> 我过去的一切，
> 或许，会再度生长，植物世界日益繁茂。

同胞诗人布罗茨基推崇他，将他比作诗坛中的丢勒。扎博洛茨基留言于世：“人本身是不完美的，但知识可以使人变得高贵。”

*

读了一本主角是一只小老鼠的小说。阴差阳错地，它安营扎寨在一家书店（好像是老鼠妈妈在书店地下室产下一窝老鼠崽子，它是最营养不良、最不受待见的，不多久兄弟姐妹纷纷外出讨生活，而它自愿待在书店里过活）。它发现（听到）有很多客人到了书店，有人问今天要买什么书啊。那人就说，哦，随便看看。经过长久观察，小老鼠发现这些“随便看看”的人，

实在是张口就胡说，他们一个比一个不“随便”，他们一个书架一个书架地寻摸，一个书堆一个书堆地翻腾，甚至不放过楼梯转角、老板收银台脚下黑乎乎的区域。简直是来挖掘或采矿，只是没有带铲子、锤子、探照灯这些工具罢了。小老鼠还听到书店老板和客人聊天时说阿瑟·米勒有一天也来了，和一个叫梦露的性感女人，他买走了自己的一本戏剧作品和一本诗集。米勒自传中也曾写到过自己刚和玛丽莲·梦露认识（还没确立恋爱关系）时一起逛过一家书店，梦露在书架前轻轻读了一首E. E. 卡明斯的诗，她的语调和情感波动令他动情。小老鼠还说大诗人弗罗斯特也到过书店，不小心碰到什么磕破额角，很恼怒。肯尼迪也进来歇过脚，喝了一杯浓缩咖啡，但没买书。

*

有人问一位作家对自己的书有什么看法。他回答：“比你们想的要无限好得多，同时也要无限糟得多。”这个说法既自信也谦虚，同时也包含一个写作者的寂寞，言下之意还有：好的地方你们读不懂，不好的地方也只有我自己知道。

*

弗罗斯特在某次谈话里说到“虚幻”。他在求学时有一位总在外边讲学的老师S，弗罗斯特承认有点崇拜他，因为他很有风格、出口成章。但弗罗斯特又说S并不是非常吸引他，他只是很想搞清S老师的“真正意思”。后来他终于搞清楚了，他发现——在其文章里——一切都是虚幻。但他说虚幻又分为真的虚幻和假的虚幻。

“我认为假的虚幻就是真理：负负得正。”

弗罗斯特谈到和他有交集的那些人物——庞德、罗伯特·洛威尔、史蒂文斯……话锋尖锐，有时还夸他们几句，但我们感觉到他自认高出他们，话里话外，是一个诗人的直率、自信、嘲讽、幽默、可爱。

*

重温皮埃尔·梅尔维尔的《红圈》。这次是国语配音版。

1. 由童自荣“配”阿兰·德龙是一个败笔。因为本片里阿兰·德龙的角色是低调、冷静，甚至有些颓唐之气的，而童自荣的语调明亮且上扬，是“王子”“公子哥”的气息。本片不是“高八度”的华丽、高亢，而是阴郁、灰色、边缘的，所以，童先生的配音有些聒噪。

2. 警长在监控录像中看到三位蒙面高手艺术家般的行窃经过，说了一句：“像一部无声片。”这一句话好像是梅尔维尔电影的注脚，是他最迷人的特色之一，寡言少语，剧中角色能不说话尽量不说话，以一系列的画面连贯性、道具运用、表情、动作给观众强烈的视觉感（享）受，电影与其他艺术类型不同之处正在于此，用精准的画面语言向影迷传达尽可能多的故事（人物心理）讯息。

3. 扮演逃犯“威高”的演员是吉昂·马里亚·沃隆特，这位意大利演员在1991年获得威尼斯电影节终身成就奖。三年后他在拍摄希腊导演安哲罗普洛斯的电影《尤利西斯的生命之旅》时，由于心脏病突发，去世。六十一岁。

4. 从头到尾，阿兰·德龙一直都是冷峻到面无表情。威高从他的汽车后备箱里出来时，通过对话，他的表情才第一次松弛下来，这是旅途中两个男人沉默（默契）的情谊流露。在酒吧里，一个女郎给了他一枝花，他笑了一下，但很快把鲜花往桌子上随手一放。

5. 法国国宝级歌手伊夫·蒙当出演主要角色，和他唱歌时一样迷人而有余味。

*

“清除一切迷障，知觉之门将开，万物显出本相：如其所是，绵延无止。/ 世上有已知的事物和未知的事物，/ 在这之间只有门。”吉姆·莫里森的“大门乐队”之名来自威廉·布莱克的这几行诗。

*

人们都说“没有真相可言”——一切皆有面具，一切转瞬即逝——言下之意是人们活在幻象之中。正是因为产生这样的虚幻感，又使人们在某一个时刻会强烈地感受到这一切是如此真实。比如一个男扮女装者在戏台上以悲怆的调子唱出人世虚无时。如果不知底细（不加追究），没人知道“她”是一个男人（在这一点上，是真的），真的是男扮女装，而看（听）上去又和女人一模一样。

*

画面上，妻子的精神出了问题，体贴的丈夫换了工作，驾驶一辆房车，陪她到一个宁静的海边城市生活。丈夫外出上班时，妻子便在房车外面看书晒太阳，平静安然，精神似乎得以好转。有一天丈夫回家，家里很不对劲，乱七八糟，被人抢劫了一般，妻子衣衫不整，倒在地上，陷入昏迷，醒来后，她说遭到袭击。丈夫既心疼妻子又痛恨袭击者，报警了也无用，妻子讲不出半点对警察有用的线索。丈夫只得开车送她去医院观察。在去医院的途中，经过一家酒店时，妻子突然看到车窗外一个在酒店门口的男人，紧张地对丈夫说：

“是他，就是他！”

她的表情充满了神经质的亢奋（恐惧）。丈夫想都没想，马上停车，从后备箱取出一把铁器藏在衣服内，紧跟那住店男人进了酒店，上了电梯，男人出电梯开门进房间，丈夫按响门铃，进入，猛挥铁器……接下来的画面是丈夫继续开车在路上，妻子的表情一如发现凶手之前，低迷忧郁，丈夫一言未发。在一个转弯的坡度上，妻子突然又出现了刚才那神经质的亢奋（恐惧），她又指着路边一个男人大声喊道：

“是他，是他，就是他！”

这时候丈夫醒悟，刚才误杀无辜者了……我刚才描述的这一切是真的吗？还是妻子、丈夫或其他人做的一个梦呢？我是在一条马路的转弯斜坡上停下来歇脚时，想到刚才那些画面的。这时候，忽然我感觉有一辆汽车跟近我，我迅速跑到附近一家影院——银幕上上演的正是我描述的这部片子。

*

前几天我打算写一篇东西，这样开头：每次我们见到他（一位上了岁数的独居男人，独自经营一家画廊茶室，他把自己打扮得时尚青春，有些女性化，他喜欢小男孩，与人聊天不轻易流露情绪），他总是把帽檐压得很低很低，挡住了大半张脸。他的这顶帽子很普通，普通到是什么样子，我们也记不起来……几天后，我看到维特根斯坦说的一句话——遂记起了那顶忘却的帽子——“人们注意不到某件事，是因为它们太普通，总在我们眼前。”

*

《白日美人》拍摄过程中，导演布努埃尔认为弗朗西斯科·拉波尔完成抢劫后惊恐不安、东张西望地从电梯中走出的表演有点过了头,应该镇静、从容一点。拉波尔年轻好胜,反问:“我该想什么事来镇静呢?”布努埃尔不假思索，说了一句既无厘头又颇具神秘主义气息和超现实主义的话——这句话后来成了他传奇的一部分——

“就想想你的大姨妈吧。”

布努埃尔在后来拍摄的《自由的幻影》这部片子中，有一个著名的段落是不同职业、身份的人在一个雨夜纷纷投宿到一家旅店内，于是在那个夜晚，很多出其不意的事情发生了。这些旅行者包括：赌博的神父们、请假的护士、受虐的旅行推销员，还有一对特殊的相爱的人——外甥和姨妈。

*

那时候我觉得自己是个如风少年郎。在树凋叶落、体露金风的季节来临时，我们一行人要去P城演出。我与一女一男两好友提前了一天动身，因为我们三人选择坐火车旅行。朋友，你姑且称这一女为X，称这一男为Y，称我为Z吧。你看我们在一起很快乐，也很默契。我们有说有笑，哪怕突然出现短暂的沉默，彼此眼睛里好像也有话语在流动，随着火车的轻微颠簸，这无声话语在空气中颤抖，好像河面上的波纹在初冬阳光里愉悦地躲闪。可是正如电影镜头瞬间切换般，X 与 Y 相互嚷嚷了起来。我很茫然，不知道他们的争吵是为了什么。也许是因为那么多年过去，我的确想不起当时的种种了。至于茫然，熟悉我的朋友都知道，我的脸上整日挂着一种迷路的神情。假如这时候真的有一件叫人茫然失措的事情，我脸上的迷茫反而会随之蒸发，出现难得的清醒。X 从行李架上拿下自己的包，要去别的车厢。他们上车的时候看见许多节车厢都是空的。X 走之前，满脸怒气地对我说，这感觉仿佛是我惹她生气似的，她说：

“Z，你和我一块儿去吗?”

我正看着窗外想着两个和弦的转位，没有回答她。我恍惚记得，打了一个喷嚏，看见一只倦鸟在田野晚风中倏地消失，天就暗了下来。这恍惚的光影下，我看见 Y 的表情带有一种戏谑的忧伤，他跟我说：

“Z，你去找找她在哪里，跟她聊聊。”

我迟疑了一下，去了。快到半夜，我才回来。我听见 Y 打着美美的呼噜，我就把想要说的话咽了回去。醒来的时候已是翌日上午，列车广播员说，很快就要抵达 P 城了。我看见了昨天在田野晚风中消失的那只鸟，又出现在远处的视线里，像画着弧线一样轻盈地飞翔，我突然感觉胃部痉挛了一下。那首《弄错了的车站》就是那一刻谱写出来的——

车窗外掠过的风景，一个忧伤的精灵
打个喷嚏，你就不见了踪影
孤独自由的旅人啊，亲吻着睡梦中的她，
她的眼泪慢慢就变成了一朵花。

你可能没有料到，出站的时候不见了X。也许，不，肯定是在漆黑的夜里，她中途下车了。是即兴表演抑或蓄谋已久？不得而知。当时我急得团团转，Y把他修长的手臂搭在我的肩上淡淡地说：

“走吧，反正她是跟我们来玩的，不用和我们一样要演出。”

演出结束后，我没有同Y和大伙儿一起回去，而是留在了P城，找了一家清净的旅店住了一段日子。我无所事事，有时出门漫无目的闲逛一通，有时在旅店昏天暗地睡觉。我是在这个陌生的小城等待一个什么契机吗？一天的午后，我在一条僻静的街道游荡，跟随一只流浪三黄猫走进一所大院。靠在院内一棵光秃秃的大树下。我凝神屏息，听见有钢琴声从某一层楼的窗口跌落下来。这跳跃而忧伤的乐音，像雨滴，像碎片，像阳光里某种嗡嗡嗡的声音，像飞鸟掠过溪流的动静，像呜咽的树，像暗语，像童年炊烟袅袅中母亲的召唤，像那天火车经过漫长隧道时听到的一连串不着边际却叫人心碎的誓言，像先人亚当以及你和我的亘古而年轻的心跳。

*

碰到诗人庞培，他跟我说赶紧买一本新出版的《坛子轶事》：“太好了，赶紧买，搞不好很快会涨价的！”他如此急迫地给我推荐，我敢说华莱士 · 史蒂文斯是他最喜欢的六大诗人之一。于是我赶紧买了一本。这本诗集的译者是陈东飚先生，他与哥哥陈东东都是庞培很要好的朋友。以前我读到陈东飚翻译的博尔赫斯、纳博科夫等作家的文字，很喜欢，我还谱写了他翻译的博尔赫斯的《界线》，收入在《欲爱歌》（2013 年）专辑里。可是这一次捧读《坛子轶事》总是进入不了状态，好像没有庞培说的那么出色，颇有落空的感觉。是编选出了问题？还是翻译？为此我找到较为熟悉的那首《观察黑鸟的十三种方式》，我记得以前读过的一个版本（选段）——

一个男人和一个女人
是一个整体。
一个男人和一个女人和一只黑鸟
是一个整体。

这一段陈东飚的翻译略有不同，他这么译—

一个男人和一个女人是
是一。

一个男人和一个女人和一只黑鸟
是一。

这个也许是我先入为主，觉得仅仅一个“一”，读起来稍有断缺感，有些突兀。而“一个整体”会让人觉得两者、三者之间的贴紧、圆融的，还有一种性感的紧密，感觉是有人情的有爱欲的。只是一个“一”，冷冷的，虽然简约，似乎提升到了一个哲学（道家）的高度，但失去了完整的调性和温暖。再看另一段——

黑鸟回翔在秋风里，
它是哑剧的一部分。

陈东飚的译文是——

黑鸟在秋风里盘旋，
它是哑剧的一个小角色。

之前读到“它是哑剧的一部分”颇觉妙意。而“它是哑剧的一个小角色”，马上没有了感觉，这“一个小角色”会让人觉得它是分离出来的，是孤立掉队了的。如此，诗歌本身的均衡感没有了,仿佛黑鸟是这出哑剧戏外一个突兀的存在。而“它是哑剧的一部分”则是圆融的、不可分离、不分彼此的，使我们感受到诗歌的紧凑、节奏感。读过之后有一种“哑口无言”之感。而此刻之所以说了这么多，就是因为那个分离出来的有些怪异的，甚至有些聒噪的“小角色”！可是粗心大意的我，居然记不起来是在哪本书里读到记忆深刻的译文，黄灿然？张宗子？还是蔡天新？我不是专家，只是凭着自己的感觉说了这些，通过这两段的对比，我感觉陈东飚先生多少有点将史蒂文斯诗文里某些紧凑、融合的东西拆散了。但也许换一种状态进入，会有不同的体验？

*

我曾写过一个短文“上床容易下床难”。一位好久没跟我联系的朋友发来短信，严厉地跟我指出：“这句话你说反了。”我没有辩解，反正怎么说都有各自的道理。只不过仔细想想，“床”真是一门哲学，人们在此诞生也在此归西；人们在此安然入眠也在此通宵睁眼；人们在此海誓山盟也在此留下感伤谎言；人们在此看了一本又一本的书又在此遗忘了一个又一个的梦——这里有一个梦我经常做，我梦见一觉醒来却在另一张床上。

可是，有一个人却说，这不是梦，你本来就在那另一张床上！何以为证？她记录下来了半首我临睡前哼出来的“床歌”——是下半首。

关于床的话题似乎可以无限期地谈下去，比如这时候我想起一个女性——一位非常有艺术家气质的女性，她每跟一位心上人上床后，都会在床上削一个口子做记号，这种计算男人的方法令人难忘而刺激，我跟朋友们说了之后，他们都有着跃跃欲试的感觉。而后我告诉他们，这位女子已经不在人世，她是活跃在上世纪五六十年代的一位法国奇女子,大家顿感失落。一次一位朋友用一种颇为感伤的语调说："长此以往，她的床，终将会削没了吧……"这句话，充满了人世的虚幻感。

每个人的一生都有三分之一的时间在床上度过，所以，你几乎所有的秘密，床都知晓。当然它始终沉默，保守着你的隐秘直到永远，同时在每一个夜晚，它静待着一次次涨潮时刻的来临。如果那一晚月光正好，你会听到床上之人唱一支歌谣，动人也心碎：布谷鸟把夜渐渐唱亮了起来，飘来亚当和夏娃最初的滋味。

*

关于读书的好处，读书的妙处，古今中外每一个爱书人都各有说辞。有的直率，有的幽默；有的闲散，有的朴素而富有哲理；有的也像读一本书一样不着痕迹，却留下余味。其中有弗吉尼亚·伍尔夫的一则分享与你——

我有时遐想，世界末日最终来临，那些伟大的征服者、律师、政治家前来领赏——王冠、桂冠和雕刻在大理石上的名字。而万能的上帝看到腋下夹着书的读者走近时，只能转过身来，无不欣羡地对彼得说：瞧，这些人不需要奖赏，我们这里没有什么东西给他们，他们一生爱读书。

*

国内一位著名“非虚构作家”，最近出版了关于父亲的小说，引起一些热议。我点击一个直播链接，是这本书的发布会现场。在一家书店，作者正和几位同行聊此作品，其中有一位作家——G 教授——我很喜欢，正是看到直播讯息上有他，我才点开链接的。看过一些优秀（西方）的非虚构作品，既看到绝对的真实（现实），然而其笔下的人物出场、叙事手法、情节转变、细节显隐，又完全是不着痕迹的、艺术化的。一句话，即使阅读非虚构也有极高的文学和艺术享受，让人陷入现实的思考和艺术的回味。而看过一些国内的非虚构，只是实实在在地记录事件，有时恍惚是在看故事会。我希望这不是我的狂妄之说。在发布会现场，G 教授的几句点评更是坚定了我的看法。其中有一次主持人（也是本书编辑）问 G 教授：“南方和北方的作家，对于描写父亲有何不同？”（在这之前今天的主角提到好几次：“中国的父亲太伟大了！”咦，当时我很奇怪，这是什么话，何故只有中国的父亲伟大？）G 教授拿过话筒说：

“首先，天底下的父亲都是一样的……”

然后，他说如果让他来写这本小说里的“父亲”，他不会像本书作者暴露的那么多，他大概会保留一半，顶多比一半多点。说到这，有数的人自然明白，一个好的小说家并非只是将“现实”一股脑儿地呈现——可矛盾的是，这又正是普通大众喜欢的故事会一样的形式——而是需要通过“隐藏”来展示更多的现实空间和人性可能。正所谓的“一半比全部还要多”。我再想到喜欢的那些非虚构作家，之所以着迷于他们的文字，也是这样。很多时候他们并没有一味地做纪实报道，而是通过一个掩藏的细节、暗涌的旋律、失而复得的记忆……呈现出现实（真实）的力量。

*

“对一位喜欢的作家，相比于他的作品之外，我似乎更关注他的艳遇！”我的朋友 B.C 说。B.C 之前是个业务采购员，喜欢在旅途中看书消遣，现在开了一家颇具规模的公司，比较忙，他说很少看书了。如今唯一对于书的享受就是深夜临睡前回忆一下作采购员时读过的一些书的片段。他以前跟我说过，要是旅途中看了一个好玩的艳遇故事，接下来那笔生意就会谈得很好；要是看的书比较寡味，基本上生意也就黄了。我觉得他说的比较夸张，只是说他喜欢旅行艳遇故事罢了。但谁会对于有趣、奇特的艳遇故事不感兴趣呢？我今天想起 B.C 来是因为司汤达。多年前有一次我搭 B.C 的车，把一本新买的毛姆读书笔记落在他车里，他没有还我，我只好再买了一本。在这本读书笔记里毛姆写了许多作家的出生成长、写作生涯和情感经历。B.C 对于毛姆写的司汤达、福楼拜、狄更斯、巴尔扎克这些大作家本身兴趣不大，但在这本书里毛姆花了不少笔墨写了这些作家情感的挫折和疯狂的爱欲，使得 B.C 居然读了好几本这些作家的大部头作品，体悟到不少人生感悟，他说对他太有帮助了。但后来，他又说还是毛姆写他们的艳遇故事更好看，能看到更多有意思的东西。那时候他对于司汤达总是喜欢穿一条条纹紧身裤约会女郎很好奇（总展开侦探式的琢磨），B.C 认为任何表现出来的行为，肯定都是有其潜藏的心理因素的（就像一部电影里，有一个忧郁男子每次出场总是只带一只黑皮手套）。B.C 当了老板不看书之后，有时会叫我跟他讲讲看了什么书中的有趣故事。那天电话里，我说你不是总提起司汤达的条纹裤吗？那我再跟你讲讲他。有一次司汤达去了伦敦，又认识了一位女郎，他身处异地，比较拮据，但他被这个风尘女郎的激情和善良所打动，一天他咬牙破费叫了外卖，有红酒、羊腿和香槟，他们一起放纵、享受了几日。可是不久司汤达就要回法国了，风尘女郎可怜巴巴地请求大作家把她带走，并保证："您如果愿意带我走，我可以只吃苹果，相信我，花不了您几个钱的。"

*

司汤达在即将抵达人生的"耳顺"之年时突然死了。那天他与后来的法国首相共进晚餐之后，分手道别，走到街上，突然不对劲，中风倒地。二十分钟之后他表兄碰巧经过那里，把失去知觉的司汤达抬回旅店，子夜过后，一命呜呼。表兄回忆司汤达每次谈起死亡，总是说希望自己的生命在旅途中结束，在某个乡村旅店的睡梦中（中风）死去——括号里的两个字，是我加的，我为了配合表兄，夸大了一点宿命感和戏剧性——表兄不无幽默地说：

“您看，他常常表达这一心愿，如今总算基本实现了。”

表兄真是富有幽默感。而幽默感便体现在“总算基本”这几个字上。司汤达之渴望在途中归西，不乏某种洒脱和浪漫，适才还是活生生的——因为还在途中行旅、艳遇呢——即刻已是去往了另一个世界；也是一种抛却小我，托付于天地自然的忘我境界。惠特曼有一首诗——

我将自己赠予尘土，
任我喜爱的青草在其中发芽，
如果你还想见我一面，
低头看看你的靴子底下。

一辈子都在途中漫游的松尾芭蕉也早就料想到自己的生命将会在旅途中停止。所以他写道——

旅途抱病日，枯野梦中游。

只不过比起松尾芭蕉的凄凉光景，司汤达在城市的黄昏突然倒地，更像是一个快活的音符飞去了冥界。

*

早年我写了一首歌《抓住他》，以表达自己的一份隐秘喜好。因为通常有人会问起来如果喜欢一个女人，最欣赏她的哪个部位？我总是不假思索地回答：小腿！歌曲这样唱：

她有白皙的小腿，忧伤的眼睛。
她在阳光下奔跑，显得生机勃勃。
我在后面追着她像个木偶在舞蹈，
你在背后偷偷瞄准我，扣下了扳机。

很多年之后，我读了一本小说，其中主人公也在探讨“喜欢”，如果您看女性，第一眼关注什么？手？目光？脖颈还是神态？各种各样的回答，其中有一个人的回答，让我很吃惊，因为他喜欢的部位与我喜欢的很接近——膝盖。他的回答使我迫切地想重看埃里克·侯麦《六个道德故事》之一《克莱尔的膝盖》（*Le genou de Claire*）。

*

一个很会弹琴、唱歌的盲者结交了一个老人，两人相处得很不错。后来盲人知道老人其实非人而是一个狐仙。即便如此，也并未影响两人的友谊。这位狐仙是个狂热乐迷，总会请盲者弹一曲，一饱耳福。有一次盲人的一家邻居发生了矛盾，闹得很凶，但无人知道什么原因。盲者很好奇，他想知道为什么。（是否是作为一名弹拨歌者，他迫切想知道那些不为人知的一切，以此谱曲填词，唱出人世爱恨？）盲者认为狐仙是得道者，就恳求他探个究竟，将一切告知他。岂料，他的要求换来了狐仙的训斥：

“家庭、闺房之类的纠纷、秘事，外人怎么好去打探……”

接下来狐仙的一席话更是严厉，令人不寒而栗，他说，“你已经看不见了，难道还想变成哑巴，话也不能说吗？”盲人想想也是的，世间有很多秘密是不能去打探的。所谓天机不可泄露，倘若真被自己刺探到，也许自己真会遭殃……只是这之后，狐仙就再也没有来找他谈天说地，听他弹琴唱曲了。这令他好生遗憾，此后知音哪里找？不知道为何，我刚才睡午觉居然梦到这个早已忘却了的——忘了是在“聊斋”还是“阅微草堂”看到的——故事。在梦里我体会到了盲者深深的寂寞以及一丝后悔。

*

今天（2017年11月9日）。音乐人、低音弹拨手艾勇因病去世了，三十五岁。想起几年前与他一起在外地巡演的情景。他是团队里最活泼、最快乐的一个，很会搞怪，总给人带来出其不意的快活。他一定是天生就具有这种赤子般的快乐吧，他的语言、眼神，和一个个优美、有趣、带着律动的肢体动作，充满惊喜。每一次他以他丰富的内心给我们制造的欢乐，都是极致。后来他得了病——无法参与演出和排练——又退出了成立近二十年的“山人乐队”（他的外形、幽默以及浑身散发的律动感……曾是乐队里最受瞩目的一个。而通常来说，低音贝斯手是乐队里最不被歌迷注意到的，她们都追捧帅气的主唱，长发飞扬、一派冷漠表情的电吉他手，或者具有爆发力，动作、技术令人眼花缭乱的鼓手！），所以，当我们再见到艾勇时，他身上那种最快乐的东西就消失掉了。其实也应该想到快乐者的内心，或许有着更多难以言说的悲伤。想起他以前的一些表情，欢笑之后的眼神，也会陷入深沉的忧郁。艾勇的家乡在云南普洱下面的一个自治县，叫西盟佤族自治县，是有着千年优美传统的佤族人故乡。西盟和Reggae（雷鬼）音乐发源地牙买加几乎处在同一个纬度，难怪乎，艾勇的肤色和节奏都很雷鬼。我们去外地演出，搭飞机时，乘务小姐总是给低音弹拨手、我们最亲爱的朋友艾勇发英文报纸看。

*

我在火车上读小津安二郎的《豆腐匠的哲学》(在蚌埠站停靠时，月台上有个抽烟的八字胡男人，使我想起跟小津合作过很多部片子、善做鬼脸搞恶作剧的斋藤达雄先生!),他谈到，在表演中不能因为一位演员他擅长做表情,就说他是有演技的。演员最重要的是表现性格、把握性格。所以如果不能在此基础上表达情感（做出表情）是不行的。他说：

“导演不是要演员如何表露感情，而是如何克制。”

小津列举了美国演员亨利·方达和贝蒂·黛维斯在一些电影里“克制”的魅力。说到亨利·方达，我们印象很深的是他在希区柯克根据真实事件改编的电影《伸冤记》里不动声色的表演，犹如海底暗流一样的情感涌动，令观影人心潮起伏。他在里面饰演一名无辜受冤屈的低音大提琴手，而他的魅力一如他手中的这件乐器，低徊、深沉、富有气度。小津安二郎的“克制”理论，与诗人艾略特所提倡的“诗艺”一模一样：诗歌不是放纵感情，而是逃避（他说的逃避与克制无异）感情；不是表现个性，而是逃避个性。不消说，只有那些有个性和有感情的人才知道（有资格）逃避这些东西意味着什么。小津电影里的男男女女，通过表演写出诗歌，平凡而有余味的叙事诗。

*

绍兴重阳君给我寄来两张有趣的音乐人“字画”，都来自日本。一张是女歌手淡谷纪子的签名自画像；另一张是歌曲《北国之春》的作曲者远藤实的题字——“歌样人生”——和签名，日期：59.3.20。我们对这两位音乐人都比较陌生，但后者的《北国之春》因为早年被我国著名歌手蒋大为翻唱，成了一曲家喻户晓的经典抒情歌曲。但对于原创作者是谁，我一无所知，也从未想到去查看，如此优美的旋律、动人的歌词究竟出自谁手？淡谷纪子更是生疏了，可是网上一搜索，有不少她的歌曲，一听马上爱上，虽然属于她的年代更为久远（她生于1907年，二十世纪九十年代去世），可是她的歌曲气质没有过时，旋律、节奏依旧新鲜，还有着法国和俄罗斯民谣音乐的魅力。有些曲调还颇具民国时期旧上海的味道，在迷醉、沉沦中咏叹时光的流逝。后来我问起在日本留学的朋友，她告诉我淡谷纪子是青森县青森市人，是日本“香颂”的先驱者。难怪，我在她的歌里听到了一些法国歌手芭芭拉、朱丽叶特·格雷科的味道。而她只有一百五十厘米的身高又不得不让人联想到歌唱着“玫瑰人生”的艾迪特·皮雅芙。朋友还告诉我淡谷小姐是战争时期拒绝唱军歌的“硬骨头”！重阳君赠给我的这张淡谷纪子的自画像实在好看、有趣，寥寥几笔，一个歌唱者的快乐形象就呼之欲出了：歪着的脑袋，一头凌乱且活泼的短短卷发，两道上扬的眉毛，小嘴的样子是歌咏——跌落下来几个音符旁签着她的名字。

*

法国有两位厉害的布列松先生，对于他们各自的艺术作品，我们都熟悉也热爱。一个是导演罗伯特·布列松，另一个是摄影师亨利·卡蒂埃-布列松。很久之后我才知道，后者也曾在电影界从业过，而且是师从大名鼎鼎的让·雷诺阿，当了他两部电影的导演助理（这之前他将自己精心准备的四十多张摄影作品呈给另一位大导演布努埃尔过目，以求一职，但被后者无情地否定了）。和他一起给雷诺阿“打下手”的另外两位年轻人，后来都成了电影界的翘楚：雅克·贝克和维斯康蒂。唯有他跳出电影界，成了全世界最知名的摄影师之一。早年我曾在朋友家看到过一本繁体版的《心灵之眼》，这本书是摄影师布列松的随笔集，后来出版的简体字版本改了名字《思想的眼睛》。他的文笔很独特，初读之下感觉还有些怪怪的，思绪无比跳跃，但又有一种吸收力，一下子把你定格在那里！而后化解出一些时间的秘密。也有如听爵士乐的感觉，一下子抓不住节奏，但很快你也就融化在节奏中了。后来我想他这种独特的写作法，正是他拍照片的感觉，既是即兴的，也是了然于胸的。在这本随性的集子里我记得他写到了让·雷诺阿、安德烈·布勒东，还有雕塑家贾科梅蒂。他为贾科梅蒂拍摄的一张照片总出现在我的脑海里——那场不小的雨一定下过好一阵子了，而且还没停下，地面上湿漉漉的反着亮光，雕塑家走在人行道上，他已经把外套衣领拉上去遮住了大半个脑袋。因为如此挡雨法，他一路走来的姿势也就显得有些萧瑟，带着一点儿流浪的气息，活脱脱是他自己创造出来的一幅作品。但这幅作品，又是他与布列松一起完成的，两个人的节奏韵律化为一体，像一支从远方抵达而来的雨中曲。布列松说他了解的这位雕塑艺术家是最聪明、最智慧的男人之一。而很多同时代的友人回忆亨利·卡蒂埃－布列松，说他仿佛是从另一个星球上来的人。他读过很多书，总是把胡子刮得干干净净，保持着家族遗传下来的贵族气质。二战时期，曾被德军抓住，但靠越狱（越了一次，不行；两次，没成；第三次，完美！）成功逃脱！从此之后，布列松几乎没有停止旅行，到过中国、苏联、非洲、印度……全世界最优美、独特，也是最容易转瞬即逝的事物都被他的莱卡相机所定格。

*

去朋友家，又见到她家那只可爱又吊诡的美短猫，马可小姐（全名马可波罗，因其生性好奇，对凡事持有探索精神而得此名）。今天的它一反常态。以前基本不让人靠近，要触摸到它简直是天方夜谭。但它也是友好的，总是同我们保持一个不近不远的距离，一种互不干涉的默契。主人说，马可小姐其实是很在意我们的，我们说话时它基本也在听着，眼睛甚至还看着我们。但我们一旦注意它、谈论它、望向它，它马上就别过脸去了。其所在的位置，都是我们目之所及的，也就是说它也希望我们看到它。马可这样的习性，虽然有点不近人情——我们多么想摸摸它——但的确也是彼此一种理想的平衡。我说，今天的它一反常态，是因为它竟然允许我们尽情地抚摸！但也是有规矩和条件的，这个规矩和条件就是，它暗示我们：朋友讲究一点、尊重我一点好吗？我也和你们一样，凡事都是要讲究地点方位和时间性的。朋友告诉我们，马可其实偶尔也渴望人的抚摸，但这事必须由它自己决定，每当有这个需要，它就会跳到洗手间的洗脸池里（奇怪的所在），这时候你过去，就可以在那里尽情、随意地抚摸。它还跟你翻腾、玩闹，快活得很。果真是这样，刚一进朋友家，马可就跑过来迎接我们并走进洗手间跳进洗脸池，我们跟随过去，随意抓它、抚摸它，怎么样都可以，它很配合也很享受，随后它感觉时间差不多了，就挣脱着跑出去了，恢复了和平常一样的冷静克制状态。我们问朋友怎么会发生这样有趣的状况！她告诉我们，前段日子因为在外开会，有好几天没回家，那天一进家门，马可便撒娇地叫着引领着她来到洗手间，自行跳入洗脸池里，轱辘一下，躺下去，各种舒展、伸腰、蹬腿，眼神期待着爱抚……有时我觉得猫像一个神秘诗人，把所有秘密都留给了自己，偶尔它高兴了，就给你泄露一点点。

*

我喜欢二十世纪五六十年代的一些欧洲歌手。因为他（她）们的歌唱能让我感觉到歌曲里包含的文学、艺术气息。虽然听不懂歌词，但旋律、配器，以及他们对于歌曲的处理和表达无不透露出这样的讯息——这是一首文学意境很浓郁的歌曲。从他（她）们的发音吐字，旋律的微妙处理，转调处的轻微叹息，等等，都能感受到一种文气，一股温柔而坚定的力量。照片中他（她）们的形象也充满了书卷气或知识分子神态，然而又是那么的家常、平易近人。那天我在水乡帮荒原书店主人钱华整理书店里的书籍，看到一册关于法国游荡者的书，打开一看，是我最钟爱的歌手朱丽叶特·格雷科的一张黑白照片。想起她唱过的一首人文之歌，感性的节奏，爵士的曲风，机智的调性——

> 我读过让·保罗·萨特
> 西蒙娜·德·波伏娃以及梅劳·庞蒂的书
> 总是同样的灾难
> 即使你贫穷，但你是自由的，你可以自己选择
> 我尝试了一些其他作品：莫里斯·布朗肖和
> 阿尔贝·加缪
> 荒谬的错误。

*

我曾写过一篇文字，讲一个画家朋友与他的帽子的故事（绝对真人真事）。有的朋友看过之后爆笑不止，纷纷让我做个介绍，也想认识这位画家——其中以女性居多——觉得他太有意思了，而生活中缺乏这样好玩（极致任性到可爱）的人。也有的朋友觉得我是在编故事，他们认为任何一个男人都不会那么傻，怎么可能为了“摘掉帽子”这件事而放弃好不容易到手的艳遇。好吧，我简单说一下究竟是个什么样的事情。我的这位画家朋友，六十多岁了，独身。虽然个性独特也很浪漫，但毕竟年事偏高，艳事、情爱什么的基本很少眷顾于他了，很孤独。他常年戴一顶很酷的牛仔帽，我们从未见他摘下过这顶帽子，仿佛帽子与他也相当有感情，最后索性就长在他头颅上了。我们甚至觉得他连睡觉、洗澡也是戴着它的。有一次他遇到一个令他心仪也心碎的女人，他费了很多时间、心思、精力才即将抵达最关键的那一步。如果要说起这个过程，需要花很多时间，其中的曲折、沮丧、痛苦、甚至凶险，我们局外人听了都受不了。那好，就跳过这一段，反正他们已在床上了，如你想的，画家他是戴着帽子的（其他部分你可以随便想，是穿着的，还是光溜溜的）。这位他费尽浑身解数、拼了老命追求到手的女子显然不满意他这样，她自然会这么想：都到这个时候了，你还给我留一手啊？但在那疯狂忘我的时刻，她不知道怎么开口，于是她想出其不意地腾出手来，将他的帽子摘下——

露出庐山真面目！可经验老道的画家总是通过各种招数轻而易举地化解开了。这场景，我觉得真像是他们做爱时候在另一个层面上的另一种有趣的较量。我还想，这，不仅不会影响他们当时做爱的质量，恐怕还有助于其刺激感和情趣度吧！女方摘之不得，又开始娇滴滴地恳求："就拿掉一会儿好吗?"画家，笑而不肯。渐渐地，女子有点恼怒了，问他："我们都这样了，你怎么还这样？是我重要，还是你帽子重要?"画家支支吾吾，"你重要，当然你重要！哦，不，都重要。"女子说："你必须讲个明白,选择一个,我,还是帽子?"画家后来跟我们说起这件事，感伤也无奈,他说即使吵得那么不可开交,也没有停止床上活动。只是女人依旧没完没了。于是画家突然终止一切活动，倏地坐了起来："帽子，帽子，你总是，帽子帽子，咱不做了，行吗?"就这样——因为帽子——煮熟的鸭子飞走了。时间过去很多年了，我有一次在旅途中买到一本罗兰·巴特的《偶遇琐记》，其中一则，短短两行完全就是我这个画家朋友故事的浓缩——

> 穆斯塔法（Mustafa）很喜欢他的鸭舌帽：
> "我喜欢我的鸭舌帽。"
> 他宁可不做爱，也不愿离开他的鸭舌帽。

我当时买了书，回到旅店之后，马上把这个小故事通过短信发给我的画家朋友，跟他说，原来你并不孤独，在遥远的国度也有一个和你一样坚持自我个性的人！画家朋友很快回了短信，说谢谢我，还记得他这件往事。还说当时真是太悲伤了，不过现在好了，刚刚收获了一份新的爱情，对方很年轻，很懂事，从不会跟他提一些很过分的要求。

*

听曾仕强教授讲张良，中间穿插讲到了孔子的门徒仲由（子路）。以他（的名/字）谈到自由。“自由，就是找到属于自己的路。”

*

“这年头诗人太多了”，我的朋友业余西塔琴手老K曾说，“在很多场合中听到有人自我介绍，‘我是一个诗人’，数量如此之多都快赶上罪犯了！”我很好奇，老K怎么把诗人和罪犯摆在一起比较？直到老K离世之后，他的前任女友给我看他的旅行日记，他最喜欢的诗人是最具神奇（神秘）色彩的法国诗人维庸。这位诗人的名声来源之一是“他对犯罪很感兴趣”。1463年因打架斗殴，把一个费尔布克人差点捅死——但唯一的一个目击证人说他当时只不过是正当防卫——而被捕。后来又被流放。最后（当然）死了，但没人知道他是怎么死的，死在哪里。可是我想，老K说诗人太多了，而他又是那么喜欢“犯罪诗人”维庸，所以他脱口而出，诗人数量之多赶上罪犯了……可头衔是“犯罪诗人”的，全世界只有维庸一个吧？当然维庸首先是诗艺了得，他以诗为巴黎做了最精确又最人文的记录，英国作家乔治·奥威尔在二十世纪二十年代后期旅居巴黎的时候，就以一本维庸的诗集作为旅游指南！维庸在诗歌里描写了巴黎的众生相，强盗、妓女和酒鬼无处不在。当然我们也在其中读到老妇人们围在壁炉前闲聊、妓女们彼此交换一些职业技巧和待人礼仪、孩子们跑到街上去买芥末和面包、小酒馆里飘出流浪歌者的悲叹和情爱嫉妒者的哭泣……正如没人知道维庸怎么死的，也没人知道他的出生日期和他的真实姓名。维庸这名字，往后就成了一个词汇，意思是指：巫师、捕兔人、狡猾聪明而又好心肠的坏蛋、滑稽的小偷。他作为一名诗人的“堕落”，是因为对教会和学校当局的愚蠢和险恶用心非常不满且厌恶，于是走上“大街”和浪荡者、“流氓朋友”混迹在一起。他通过诗歌的节拍把悲剧、怜悯、放纵和喜剧糅合在一起博得了世人的热爱。我们在后来的诗人波德莱尔和歌手甘斯布身上看到了“维庸式”的迷人和神秘的特性。有一次老K的前任女友跟我说她怀疑老K没死，他喜欢搞神秘，故弄玄虚，一辈子总是活在自己喜欢的那些诗人、艺术家身上。

*

卡夫卡有一位盲人作家、钢琴师朋友叫奥斯卡·鲍姆。看到过他的一张照片，发际很高，脸庞瘦削，眼神定格在某处，仿佛遗留下一个幽深的秘密在那里。鲍姆回忆起卡夫卡的一幕，我时常回想起来，像电影。最早是马克思·布罗德介绍他们相互认识的。鲍姆说，弗朗茨知道我是个盲人，他走进我房间时的第一个动作，给我留下深刻的印象。那就是布罗德刚刚介绍完他们彼此，卡夫卡就默默地朝鲍姆鞠了一躬。卡夫卡的这一行为，被外人看来也许是毫无意义的，只是一个客套，因为鲍姆什么也看不见。

“大概是由于我同时鞠躬幅度过大吧，他的一头捋平的头发微微触着我的额头。我感到一阵激动，一时间我不完全明白这种激动心情的原因。”

后来鲍姆明白了，卡夫卡是在他见过的人当中第一个没有把他身上的缺陷确定为只跟他一个人相干的东西。卡夫卡最小的妹妹奥特拉善解人意，知道哥哥喜欢清静，在家里（尤其在家父身边）颇为压抑，就自作主张瞒着父母，租下了炼金术士街二十二号的一套小房子，让哥哥在那里写作、休息。她还亲自装修、布置，把旧家具去掉，全部换上卡夫卡喜欢的藤质家具。在守护神一样的妹妹为他量身定做的这套“炼金术士小屋”里写出了最重要的文章。这时候，我其实想说的是另外一个女子和卡夫卡的故事——美丽的奥特拉，我们再找时间去寻找她的芳踪——那就是帮卡夫卡清扫、打理这间屋子的女仆——一个卖花姑娘——吕桑卡。这个小姑娘很尊敬这个对她规规矩矩的男子，每个早晨，她一来叫醒他，他就起床。有时因为写作，卡夫卡一夜未眠，铺盖都没有打开，就又去公司上班了。

但他会留一张纸条给吕桑卡，用捷克语写道：

“我没上床，我只是在扶手椅上休息了一会儿，你不要以为我自己整理了床铺。”

类似这样的笔迹、字条，吕桑卡时常能收到。一个游戏、一份心情、一种欢喜、一次讶异、一个谜语……后来在吕桑卡最困顿的时候，有人建议她把卡夫卡写给她的那些字条卖掉，但这位驼背小姑娘从未出让卡夫卡的这些字条，她用自己的心意默默地爱着这位作家，这位谦谦君子。

*

剧作家朋友 D 告诉我和尹奈尔，他的老师和师母分开了，师母很受伤，默默离开，回去了自己的老家南浔。这一切都是因为 D 的一位小师妹的介入。（想当年，老师是在一次音乐会上认识师母的，他瞬间被台上这位浑身充满乐律的长笛演奏者迷住，演出结束，他直奔后台，直率、真诚、淋漓尽致地跟她表达了自己的爱……很快这对金童玉女就陷入热恋，苦乐年华，相伴大半辈子。）我们见过小师妹，不是风骚妖娆的那种女孩，但秀气苗条，充满了青春、艺术的气息，对老师很关照很体贴，我们感受到了这一老一少的默契和甜蜜。那时候这对新恋人刚刚结束云贵边陲地带的旅行，满满的倦怠的幸福。生活是矛盾的总和，一方面我们为受伤的师母难过，从此情感无有着落，儿女皆在国外，无依无靠；一方面又为老师获得新的爱情而开怀，如此一来，年轻新鲜的情爱必定会给他带来刺激，激发出更多更意想不到的创作。D 告诉我，事实上因为和小师妹的这份忘年恋情，老师已经走出了多年的创作瓶颈，最新写出的一部黑色情欲三幕戏已被国内知名导演选为年度大戏。艺术家的多情是有目共睹的，是美好也是灾难。我对 D 开玩笑："唉，如果你不是师兄，而是一位师姐的话，那么老师最先下手的人将会是你……"岂料，尹奈尔冷笑说："如果 D 你是一位师姐的话，那么受伤的人就会是你啊！"D 默认点头，而后我们一起大笑，那时候我们刚刚结束了同老师和小师妹的烛光晚餐，从老师的家里出来，外面正刮着西风下着小雨——夏天已过去，但秋天却还没到——我颤抖了一下。后来 D 提议，老师我已带你们看过了，什么时候你们陪我去南浔看看师母吧。

Ⅳ　离弦

*

毒蘑菇，红袜子。

观看丹尼尔·戴·刘易斯新片《魅影缝匠》印象最深的两点。

爱人端上毒蘑菇

他知道，但选择

吃。

正如他总是（选择）穿红袜子。

一点点红色和毒性

恰到好处。

*

于佩尔主演的《暴狼时刻》，有一些“塔可夫斯基”式的寓意。这个类型的片子现在全世界很多导演都在拍：人类陷入某个困境之中，如何（能否）走出？故事不给你前因后果，只是将人们放置在一个特定的环境中，而这个环境背景，我们似曾相识，即使现实中没遇到过，肯定也在梦境中遭遇过，一种现代人的精神崩溃状态之画面，而后借助一些宗教（救赎）的含义，给人一些说不清道不明的启示。隐晦的魅力？正如这部片子最后，赤身裸体的小男孩恍惚被某种神秘的力量牵引似的，一步步走向熊熊燃烧的大火……导演迈克尔·哈内克颇为冷静和克制，仿佛他将自己创造出来的人物一股脑儿扔在途中，种种境遇，每个人自己去体验去呈现，不用铺垫，没有高潮，正因为如此，使得剧中人物又时刻处于悬于一线的状态之中。这部片子没有一点儿音乐烘托，即使片子里的小女孩在聆听音乐的时刻（大部分电影在这时刻，一定会大为渲染，仿佛压抑了许久，终于来到一个释放的出口了，而观影者也一定会很自然地接受这种情感的宣泄），导演也没有让音乐响起，我们只听到一点点提琴刺啦刺啦的动静。有人说伊莎贝尔·于佩尔演什么都是对的，她的每一次出现都是真实的、自然的，都是剧中角色的灵魂附体。

*

重看了乔治·奥威尔的《巴黎伦敦落魄记》。与其说是真实的底层生活“纪录片”，倒不如说是一部惹人发笑（快活与磨难交织）的小人物挣扎“情景剧”。在奥威尔笔下，一个一个过客、游人栩栩如生，个性十足，每一个人物身上都有属于自己的音符抖动。对，抖动，快乐地抖动，这抖动来自生活底部的节奏——诗意的——晃荡。当然，所有这些音符都围绕着一个主旋律：作者本人。

*

一口气看了两部影片——都是不久前在南京淘来的碟

片——《大钟》和《合约杀手》。两部片子都有着很高的水准。四十年代的美国电影人拍这类黑色片真是很有一套，故事曲折但令人信服。《大钟》的主演是雷·米兰德，以前我们曾在比利·怀尔德导演的《失去的周末》中见到他——那位失意酗酒的作家。尹奈尔说他比更有名气的斯图尔德演得好！《失去的周末》一片，当年风光无限，一举获得奥斯卡最佳影片、最佳导演和最佳男主演。荣膺最佳男演员的米兰德上台领奖，一言未发，只是深鞠一躬就走人了……做出如此个性（奇怪）的行为，所有电影节的颁奖礼上迄今为止恐怕只有他一人吧？不知道是他想突出个性、有意为之？还是那一刻他紧张激动得什么也说不出口？或者他嫌麻烦，又怕感谢了这个人又忘了感谢那一个而后悔，于是干脆啥也不说了？《大钟》一片的精彩很大程度上来自一刻不停歇的紧张度和无处不在的幽默感。雷·米兰德与手下员工（若干人）一起抓捕罪犯——他自己。与他饰演对手戏的是大明星查尔斯·劳顿，此君表演很是出彩，简直是一个人（戏）精！曾看到奥逊·威尔斯谈及他，说他初出道时是一个忧郁的演员，接受不了自己是个同性恋，也很害怕外界知道这个秘密。有一次他招致眼红他的人欺负。威尔斯说他那时委屈地哭了，像个十四岁的孩子。不过，也许正是年少时候的不如意，导致他一直努力发奋，演活了一个又一个真实的、有个性的人物。“他信仰艺术，一直在寻找某种东西，某种能超越表演、写作或是别的什么东西”，奥逊·威尔斯说，“也许，那就是他的上帝之鸟。”《合约杀手》似乎比《大钟》

还更为简洁、引人入胜，男女主角是艾伦·拉德和维诺妮卡·莱克。刚不久前看了这对俊男靓女出演的另一部黑色电影《蓝色大丽花》。在当时，艾伦·拉德是被好莱坞作为一线大明星来包装、培养的。作为美国黑色电影迷的法国导演皮埃尔·梅尔维尔一定非常欣赏这部《合约杀手》。他的那部代表作——由阿兰·德龙主演的《独行杀手》——里的人物性格与表演方法，以及各自饲（收）养的一个动物、最后的悲剧（宿命）结尾，和艾伦·拉德简直如出一辙。

*

曾突发奇想，出过一个选择题给朋友玩——“突然，他感到下腹部有一种微醉的感觉，说不上来是舒服还是难受。”请问，“在什么情况下使他产生了这种怪异感受。”

1. 喝了酒，情绪低落。

2. 暗恋上一个不可能好上的人。

3. 得了结石病。

4. 是路过一家青楼，结果发现一夜之间没了，于是感到下腹有种微醉……

5. 在月台上等待火车晚点的秘密情侣。

6. 读了一个情色悲剧短故事。

7. 其他（结合个人经验写下）

*

早年我写了一段句子，颇为自得。事过多年，又读到了乔治·巴塔耶的一句,我瞬间有一种说不出来的滋味……我写——

你有多少少年时的贞洁，
就有多少成年后的欲念。
而纷纷欲念里，
依旧闪耀着贞洁的光芒。

巴塔耶写——

贞洁本身就是一个色情概念。

后来看到乔治·巴塔耶的作品都会留意一下。不久前读了一篇他的《天空之蓝》。有一种难以言说的阅读快感，虽然这是他创作于 1935 年的小说，但现在读起来依旧是年轻的兴奋，很有着一种刚刚出炉的刺激感。叙述者“我”有着支离破碎的精神和现实生活，不仅仅是身体病了，精神头脑也处于崩溃边缘，与其有着密切关系的三个女性各具性格特点，德国女孩嘟蒂神经质的堕落，像一支充满幻灭感的爵士乐；犹太女人拉扎尔是一个向上的、盲目的共产主义者，像一曲狂热的红色摇滚；歌泽尼的天真和温顺有如一曲古典气质的民歌。“我”游离在这三个女性之间，像是一首无调性歌曲。小说很有画面感，有一些场景完全是电影似地显现，比如“我”和歌泽尼还有其他几个人在一家餐厅吃饭，聊起某些话题的时候，气氛突然变得压抑、紧张。“我”偷偷把餐叉藏在右手，将手伸向歌泽尼的大腿……“我”将叉子扎了歌泽尼的大腿，血冒出来，“我”又趁其不备，迅速把双唇贴近大腿，将那些流出来的血吮吸吞掉……如果我们知道了巴塔耶创作这篇小说的时代背景，我们会有更多的理解，小说里的人物只不过是以堕落、变态来抵抗世界（也是自身）的虚无。

*

“干你娘的，阿弥陀佛。”

如果要以最简单的方式说出

电影《大佛普拉斯》观后感，

我只能将这两句电影里的人们经常说的话——他们在有的场合说前一句，在另一个场合说后一句——合在一起。

实际上正是这样的，人的两面和多面性。

*

全世界画家里头最有魅力的人物，惠斯勒肯定排得上名。我们很熟悉的那个故事是讲他给一位贵妇人画像，画得很好——正如画家的绘画观，“人像画的是谁并不重要，重要的是表现的内容”——贵妇本人挑不出毛病，甚至她还通过画作看到自己的另一面，这正是证明了画家的高超技艺！可是她最后却把画家告上了法庭！原来，贵妇觉得自己很吃亏，她花了重金，可画家只花了很少的时间——十分钟——就完成了画像！这让她很不爽，她认为哪怕你装模作样多描摹一番，我心里也平衡一点。法庭上，法官问惠斯勒用了多少时间完成得画像？画家回答：

“十分钟又十年!”

贵妇人状告失败。不知道这个故事真假，但让我想到作曲家谱曲，诗人写诗，断然不仅仅是安坐家中拨弄乐器、提笔沉思、灵感涌出的那一刻，他们将自己安置在寻常生活中，时时刻刻都是在“创作”，感受着惊奇、刺激，也品尝着乏味、无聊，所有一切都是日后一件作品里必不可少的。王尔德，这个文学界的警句大王，从前总是偷偷从惠斯勒身上“偷”来一些东西，再按照自己的聪明才智偷梁换柱。比如惠斯勒说，艺术，她是优雅思想之神，与教授、评论家之流津津乐道的东西毫无共同之处，只关注自身完美，无意传授他人，货真价实的艺术家不可能是改革者，不可能改善他人的言行，诸如忠诚、怜悯、爱情、爱国这样的情感和艺术压根儿扯不上关系。王尔德不是一般的狠，不是一般的聪明，他将惠斯勒一大段议论，简化成一句话——

“艺术只是传达自己，绝无其他内容。”

导演阿巴斯讲，懒是一种罪；卡夫卡说人类罪状之一是缺乏耐心；惠斯勒更进一步，他说缺乏勤勉的人生是一种罪行，可是缺乏艺术的勤勉是一种暴行！惠斯勒对“诋毁”他艺术的著名评论家拉斯金更是没有放过，不仅将他告上法庭（拉斯金批评惠斯勒的一幅在黑色底子上洒满不规则色点的油画，“把颜料罐打翻在画布上还要观众付钱，实在是一种欺骗。”）还嘲笑他：即便是在艺术环境里度过一生，也并不能成为画家——小时候，拉斯金的父亲对他说，绘画是绅士该懂的技巧，于是他从小也接受培训，评论他人之时，自己也画一些作品——要不然美术馆里的保安也能挂上这个头衔了。惠斯勒的一本文学作品《树敌的高雅艺术》，当时一上市就被抢购一空，其中有一本是作家普鲁斯特买走的，足见其魅力。

*

《时光的旅人》，一部不太像小说的小说，但也能感受到作者菲利普·索莱尔斯作为一名“新新小说家”的底蕴和哲思。在这本书中我们感觉不到他有多少“创作”，因为大部分时间他在梳理兰波、洛特雷阿蒙、卡夫卡、布勒东、D.H 劳伦斯、拉康、巴赫、古尔德、乔尼 · 多兹（1892—1940，美国爵士单簧管吹奏家）、普鲁斯特、老子、庞德、勒内 · 克勒韦尔（遭受童年不幸、母亲怠慢的超现实主义自杀者）、荷尔德林等等这些诗人、音乐家、艺术家和哲学家的学术理念与思想脉络。当然在“梳理”过程中，索莱尔斯也大胆也性感，也雅趣也幽默，还会让人出其不意一下。所以，读着读着，虽然感觉有拼凑之感，但也会被他不俗的表达所感染。不喜欢的地方就快速跳过。小说以“打靶”开始，后面提到了写作类似射击。本书也有一条“微弱”的故事线索，那就是主人公“我”与三位女性的情爱故事。除了一开始在射击场上与之邂逅的薇娃，其他两位均为中国女性，其中一个是成都某饭店服务员，另一个是巴黎中国餐厅的服务员（可见菲利·普索莱尔斯喜欢中国，真是喜欢到骨子里了，1974 年 4 月 11 日至 5 月 4 日陪同罗兰·巴特到中国旅行访问的法国五人知识分子代表团中，就有索莱尔斯和他的妻子茱莉娅·克里斯蒂娃），不过这几位女子都有相同的气质特征——并非通常我们看到形容女人的美丽性感那一套——她们都是灵巧、果断而准确的，而且还都是短发！成都那位女子的样貌他倒没有写，他只是说：“我知道一位迷人的女服务员在旅店等着我，我相信总有一天，我还会回到那里的。”后来，我和佩吉讲，这索大师怎么清一色跟女服务员干上啊！这让我也想起卡夫卡，他也是对女仆、看门人女儿、衣帽销售员非常来电。而打靶场上的薇娃，实际上也是服务行业的，只不过服务的对象级别不同，颇为特殊一些，是“国防部的招待员”。佩吉说，“因为便利啊，找其他的无论如何也会费劲一些……”这个理由，不太立得住，我觉得。我在豆瓣读书上看大家对这本书是如何评价的，突然看到一个熟悉的名字“江汀”，他写道：“拼凑感太强，作者极力想靠近现代经验，可惜他没有真正做功课。”江汀是一位诗人，我曾在一个诗歌节上见过他，但会是同一个人吗？我截图发给他：“江汀，是你吗？”他回复：“哈哈，是的，五年前读的。”他还说是因为罗兰·巴特写过他，所以读了这本书。在这本书里他也描述、表达了中国的文化和艺术，正如他笔下的熊猫笨手笨脚的样子。但正是因为如此，才又感觉到他的可爱与本真。另，又重新翻看了一下，原来三个女性并非薇拉与两个中国女孩。开始不久还提到一位在罗马相识的女人丽拉——十年前在罗马复活节“激起隔阂”而分手了。看样子，的确有些地方，我一下子就跳过去了。

*

最早是郁达夫将十九世纪末的英国文学杂志《黄皮书》（黄面志）介绍给了中国读者。这本杂志在当时的英国文坛介于主流与非主流之间，内容是新旧参半的诗歌、小说、绘画和散文，杂志里外散发着某种世纪末的颓废。郁达夫为何将这本杂志引入中国？是不是因为他写的小说里弥漫着的感伤、颓废和苦闷，感觉自己与“黄面志”的同仁是同类？短命天才比亚兹莱赋予《黄皮书》生命——他担任主编和美术编辑——“花花公子”王尔德终止了其生命……十九世纪末英国文坛最大的一件事是王尔德被捕——涉嫌同性性行为——那是 1895 年 4 月 3 日的傍晚，一些对他有看法的人说（记者也在报纸上做了报道），他被捕入狱之时腋下还挟了一本《黄皮书》，于是这些人就趁机聚集在杂志社门口宣讲，既然王尔德是因为伤风败俗罪入狱的，而直到被捕的那一刻还舍不得丢下《黄皮书》，可见这本书肯定也是有问题的，是不雅的。游行示威者还朝杂志社扔石子，大声叫嚣，场面很凶险。杂志社老板很无奈，关张，停刊。其实那次王尔德腋下挟着的并非是《黄皮书》，而是一本封面也为黄色的法国小说，比尔·路易的《爱神》……另，也因为比亚兹莱为王尔德的《莎乐美》一书画了插画，一时名声大振——尽管王尔德本人并不喜欢那些插画，可是买到书的读者对于插画的兴趣远远高过他的文字——所以大家肯定认为王尔德与《黄皮书》们是一伙的。但是虽然王尔德是颓废派之王，但是他从未在这本杂志上发表过文章，特约撰稿人的名单上并没有他。

*

看比亚兹莱的绘画心里会泛起很多奇特的感受——说简洁又是这般简洁，只是黑白两色——首先它肯定是优雅的、色情浮动的，可是细细品味一下每一幅画作里都有一种不安的因素（气氛），而在那些爱欲的身边或背后往往有一个死神的幻影，当事人并非被爱欲激荡没有发觉周边的不详，而是那一丝丝不祥正是爱欲来源的一部分。看那一张拍摄于1895年的比亚兹莱的侧面照，太帅了！高挺的鼻梁，低垂的眼眉，修长的手托住尖削的下颌，柔顺的、淡金色的发帘（发型）显现着他的高贵和洁净——不是有人说“发型决定一切吗”？照片里他在沉思？或仅仅只是给摄影师摆出一个好看的造型？脸庞明净，流露着一个孩子式的遐想，好像对自己身体的病症全然不知情——他七岁就被确诊肺结核，一直以来被死亡的阴影笼罩，咳血，奔波各地疗养——而实际上，再过三年（二十六岁），他就离世了。最近读了一本比亚兹莱的通信集，在他给友人写的书信中，几乎每一封都谈到了“最近读了哪些书”，是谁寄给他的。后来也许他的身体越来越不行，读书已是奢侈，所以就谈得少了。看到这些心里便生出一股温暖的凉意。英国作家马克斯·比尔博姆说他没有见过任何人像比亚兹莱那样饱读诗书。我们知道，这是因为这位鬼才画家除了天生爱书之外，他也知道如果不多抓紧时间，很多好书就来不及读了。比亚兹莱总是给友人写信，除了谈书，也谈绘画、电影和音乐。有一次为了听一场音乐会——贝多芬第四交响曲——他给朋友写信说是“冒险”去看的（一定是因为病情十分严重）：“H医生就在我身边照顾我，为我切脉，一旦出现突发状况便会对我进行紧急抢救!”我翻看这一天的日记——

“比亚兹莱，听‘贝4’，带医生，以防不测。”

有人说不管比亚兹莱的作品是美艳、销魂，还是性感、吊诡，是取悦还是挑衅，在其内在都潜藏着一种渴望——爱的渴望，生的渴望——他画笔下的女人形象，无论是天使，还是“蛇蝎美女”，都是自然地、赤裸裸地将自己呈现，毫不扭捏、羞羞答答。即使一个魔鬼形象的弹拨乐手，我们也能感受到一种悦人的节奏动感。

*

“新浪潮祖母”阿涅斯·瓦尔达八十八岁了，看到一篇关于她的文章，她在2017年拍摄了公路纪录片《脸庞，村庄》，与她合作的摄影师是三十三岁的JR，文章前面是他们俩的对话，JR问，瓦尔达答。

——你怕死吗？

——我觉得我不怕，但我不知道最后那一刻会怎样，我其实已经很想到“那边”去了。

——为什么？

——这么着就算“完事”了呗。

叔本华去世前在一页纸上写了这么一句——“好啊，我们终于顺利摆脱了。”

*

每提及二十世纪最伟大的三部小说，往往很多读者都会脱口而出其中两部——《尤利西斯》《追忆似水年华》。还有一部是？好像这第三部可以是不确定的，正因如此，这“三大”

才更具魅力和神秘性。就像有人说，我最喜欢的——在世和不在世的——演员（诗人、小说家、画家）有三位，随后他马上说出两位，还有一位他故意不说出，让大家猜。因为一旦他将第三位说出来了，不仅没给自己留下“变心”的余地，而且也会得罪很多人。今天听到有人说，第三部是奥地利作家罗伯特·穆齐尔那部没有完成的小说《没有个性的人》。我很赞同。但是上个月我听到有人说第三部是匈牙利作家亚瑟·柯斯勒的《正午的黑暗》，我也觉得没问题，尽管我没有读过这部小说。还记得有人说第三部是一个美国小说家写的《看电影的人》，尽管此书的作者是谁我都不晓得，但当时我也觉得这部小说进“三大”一定站得住脚，因为书名太好了！《没有个性的人》，罗伯特·穆齐尔从1921年开始写，一直写到1924年他去世。有人说他之所以没有完成，是因为他太喜欢闲荡了，所以就一直拖延，无法集中时间和精力投入创作。许多有个性有魅力的人都喜欢并热爱闲荡，在漫无目的的行走中获得妙不可言的写作素材。所以，我倒是觉得，倘若罗伯特·穆齐尔要不是那么热衷于闲荡，恐怕这部《没有个性的人》会写得更慢，更慢。

*

一个画面：一匹患肺气肿的老马，它的背上驮着一位性格慢腾腾的老牧师。他们时常行走各地，像是穿越时间的旅行者，从这边的半山腰过渡到另一座小山头，比缓慢更缓慢。按照我们看到的速度，他们不花上几个世纪是不可能完成那样的跨度的。但无论如何，他们都很快乐，快乐来源于脚踏实地的漫游和进入玄幻的沉思：de vani-tate mundi et fuga saeculi。拉丁文："关于世界的虚幻，和时间的飞逝。"

*

周星驰电影《大话西游》结尾的两句台词，让很多影迷难忘，并不时拿出来调侃自嘲。（卢冠廷那首《一生所爱》是不是就是那时刻唱起来的？歌词意境和曲调节奏，既是个人式的情感表达，又是宇宙般的渺茫、渗透。）

朱茵：那个人样子好怪……

周星驰：我也看到了，他好像一条狗耶。

忘了卡夫卡是在日记中，还是在给的他好友马克思·布罗德的信件里，谈及他在爱情里的苦闷和挫败时说了一句相类似的话——

"我比任何一条狗都更低地匍匐在地上，颜面丧尽。"

还有两则——

"我真正惧怕的，就是无法占有你。充其量，只能像一条狗，舔舔你的手而已。"

"如果菲利丝改变心意……那我就觉得自己像一条狗一样

被她抛弃了。”

*

因为捷克导演伊利·曼佐，我又把他的同胞作家赫拉巴尔的《我是谁》拿出来翻读。后者的几部小说，如《严密监视的列车》《过于喧嚣的孤独》《我曾伺候过英国国王》《金黄色的回忆》等都被前者拍成了电影。这本薄薄的《我是谁》是2004年在北师大对面一家书店买的。不知道这家书店——盛世情书店？——还在不在。这本书的最后部分是一位叫拉兹洛·齐凯蒂的匈牙利记者对作家的采访，对话气氛很好，后者的形象跃然纸上（不过，本身也配有图片）。赫拉巴尔从最初影响他进入文学生活的作家谈起，最后不知不觉地又结束在这位作家身上——十九世纪捷克小说家鲍日娜·涅姆佐娃夫人。就像出门游荡，转了一圈，发现又回来了。拉兹洛·齐凯蒂问作家，有哪些书都是每年必须重读的？赫拉巴尔说：

“您问得正是时候，克利曼的书信（我不晓得这位作家）、舒尔茨的《肉桂铺》、老子的《道德经》，这是我那掺和着四月雷声的，每年之春的祓除仪式。”

作家人生阅历丰富，年轻时自愿放弃上好的生活环境而进入到社会底层，与普通工人一起劳作，体验大众人生，正因此他找到了写作语言，找到了创作的最佳途径。他也说到影响他一辈子的“贝宾大伯”，一个讲故事高手，像是一个出海归来的水手。《巨人传》就是大伯讲给他听的。赫拉巴尔还说起布拉格、苏黎世和法国，之所以这几个地方会产生伟大的文学作品,是因为它们有一个共同点——都是好几种语言汇集的地方。赫拉巴尔虽然活在底层中，但他内向害羞，对任何一件“正面而来的人事”都会闪躲，不太敢直视。若不，那会给他带来轻度的晕眩。这是他作为一名作家的谦卑、低调，把自己处于一个边缘地带。他很多次提到老子，所以他深谙“上善若水”“和光同尘”。闪躲者，侧身而过，以观全局。他有一个开放的胸怀，既对布勒东、苏波的超现实主义感兴趣，也对被“诅咒”的诗人维庸、波德莱尔抱有好感，他还从叔本华那里懂得了某种时间的停滞感，一种与自然融合之后的美好感觉。他和记者说，如果一时人们找不到他，他准是在牲口棚里躺着，跟阉牛在一起——

“阉牛喜欢我，那儿有好几头，或者我躺在马身边，我们就这样挨着挤着，但这或者是我的无意之举。

他提到惠特曼，桑德堡，《荒原》，但最令他兴奋的是乔伊斯，他说整个现代艺术都在《尤利西斯》里。达达主义、超现实主义、精神分析都在里面走过，里面涵盖了诗歌、散文、科学，最重要的是——音乐！昨天看了伊利·曼佐的《反复无常的夏天》,但不是赫拉巴尔的小说改编的,我很想看伊利·曼佐根据赫拉巴尔的小说《严密监视的列车》改编的同名电影。寻访了好多碟片店，没找着。

*

看电影《老兽》
阳光戒指，
出没在书丛中的一团白色鬼魅影子
洗脚按摩房前台的
侏儒女，骆驼。
老兽的小情人，炖牛肉，
洗脚房的墙壁夹层内，跌入一只乌鸦
剥啄个不停，
（愚者如我，以为是隔壁有男女）
老兽，富有经验，破壁取出，
放飞。

*

抽出萨曼塔·施维柏林的短篇集《吃鸟的女孩》（内有同名小说），这标题不得不让我想起比利时画家马格利特。因为画家有一幅作品也是这个名字，画风怪异且神秘，一个齐刘海的女孩垂下眼帘，表情木然地啃着一只鸟！血滴在手指和白色衣领上，再看，发现这个女孩和鸟（树上还有几只）都像是从她身后那棵树上长出来似的。（这么看，早先涌出的恶心感，减少了一些。）不知道马格利特作这幅画的寓意何在？仅从视觉上看来，是一种挑战，仿佛女孩陷入某种难以解释的精神危机里面，她的行为并非自己所能控制……这位出生于1978年的阿根廷女小说家是否也钟爱马格利特？读罢这本短篇集的开篇《荒原上》，其中的怪异和神秘感丝毫不亚于马格利特通过画笔制造出来的“不安”气氛。《荒原上》篇幅极短，所叙述的内容也十分清楚——一对夫妇想方设法要怀上孩子。但是为了达到这个目的所采取的行动、方式，十分令人不解又毛骨悚然！这并不是一篇荒诞小说，所营造出来的气氛是神秘又魔幻，甚至直接抵达巫术。事后一想，小说内所指涉的某些“怪异”做派，我们不必过分地去弄明白那究竟是什么（人？兽？）我们只需明白（也都看到过、听到过）那些十分想要怀上孩子的人——无论是妻子还是丈夫——为了达到目的，是什么法子（千奇百怪）都会愿意去尝试的，而这期间他们的状态是很焦虑、不安而且痛苦的。我上次见到一位朋友，他的样子令我差点认不出来，我知道近一两年他为了使妻子怀孕而身心交瘁，但没想到竟然会到如此地步……我说：“你怎么回事啊？”“嗨”，他苦笑着说：“还不那点JB事。”而后他也说到几乎各种“招数”（也不乏神秘巫术气息）都用尽了。几天之后，我再看了集子内的其他小说，包括《吃鸟的女孩》，很独特的阅读体验，很多难以言说（接受）的东西，你只要将它放入现实生活核实或对照一下，也许就会恍然开朗。“吃鸟的女孩”有一种触目惊心的忧郁，其中又夹杂着现代人内心的不安和失落，可以以此谱写一首荒诞而悲伤的歌谣。

*

好几位友人都提及《白天的房子，夜晚的房子》很好看。后浪出版公司雨青女士给我寄来这本书好些天了（“我觉得您会喜欢这本书的，我自己特别喜欢”），我还没舍得翻开读，这种感觉有点像克拉丽丝·李斯佩克朵《隐秘的幸福》里所描述的……在一个不眠之夜，我进入这座“白天和夜晚的房子”。虽然故事线索不明显（作者反而有意隐去这些），但自有一种魔力将你吸入内里（内里，也是书中常出现的一个词）。进入这本书，无异于闯入一个奇特而陌生的世界，然而通过文字激荡开来的情感体验又是那么熟悉、真实，有时觉得这种感受是身体性的，很性感。更重要的是，很多段落似乎并非自己在读它，而是那些文字编织起来的幻境将你吸入，不由自主地……就是说，你只需盯着页面不动（甚至可以走神、去到别处），作家的笔调就能自动将你带入她的书写之境。而你的走神、去到别处，似乎也是不由自主，甚至是冥冥之中与作者达成的一种天然默契，有助于你“欲飞去，却把住”……就这些，足见作者奥尔加·托卡尔丘克的神奇魔力。看了她照片——太酷了，尤其是梳成很多小辫子的发型——我们恍惚找到了这些奇妙文字的来源，她样子就是一个知晓天地之奥妙的精灵、女巫（飞出人体的一只奇异鸟）！作家笔下的世界回荡着幽微不明的音调，她有意无意地打乱节奏，引发旋律变幻。很快，纷乱世界变得清明。

*

整理影碟，掉到地上是什么就看什么，一看是《泯灭天使》和《自由的幻影》。前者更像是一部寓言电影，它暗示了人类终将受困于自己。布努埃尔的每一部作品都集思想、娱乐为一炉。时不时展示出来一点色情，与其说是性的变态和挑逗，更不如说是一种快乐（活）的调味剂。影片开始，一些上层阶级的人士（其中不乏思想者和艺术家）接受主人邀请纷纷前往他的大宅子，参加美食和思想的盛宴。而后几天，他们一个一个就好像中了邪一样，被某种幽暗魔性般的东西困住，根本无法迈腿走出户外……囚禁在房子里面的这些男男女女一开始还高谈阔论，琴声曼妙，房间里似乎飘荡着人类的文明，而后弹尽粮绝，彼此折磨，丑态百出，甚至有人精神崩溃而自杀……过了那么多年，我们发现这部《泯灭天使》不仅没有过时——再次体现出了它新的寓言性质——反而更加具备当代性。正如我们现在（无论何事何地）人手一个智能手机——完全受困于这个玩意儿——除了不停地刷屏，其他事情好像完全做不了了。这和布努埃尔镜头前的那些受困、走不出来的人没有什么区别。

*

如果说《泯灭天使》富有寓言性，那么《自由的幻影》则是一部描写“心理”的片子。每一个人的心理多多少少都存在着某种“病态”。这样看来，正是因为有一点点“病态”，人才显得正常。当然在光天化日之下，人们通常不会表现出来那些病态——人是最会隐藏的动物，不是吗？之前居然没有注意到莫尼卡·维蒂是其中一个故事的女主角！（与她搭戏的是夏布洛尔电影《表兄弟》里的表哥。）也许之前不加注意是因为我们觉得无论银幕里外，她只属于她的情人导演安东尼奥尼。在这部片子里，我们难以将其与《红色沙漠》《奇遇》《蚀》《夜》……里面的她对等起来。这样看来，同一个演员在不同导演的片子里（执导下）会变成另一个完全不同的人。当然还有一个原因，莫尼卡·维蒂出现在情人导演那些情欲纷纷的片子里时，是在她最迷人的年岁（1960年代初），而拍摄布努埃尔这部片子时，她风韵的躯体多多少少有些发福了……片子里她的小女儿（六七岁）在外面玩耍时被一个微笑着的陌生男人叫到一旁，后者给她和她玩伴一叠明信片（这陌生人的笑意，取决于你的成见，你认为是正常就正常，你觉得是怪异就怪异），还叫她回到家后给父母看看。莫尼卡·维蒂看到后，非常生气，直接辞退了女仆，责怪她粗心大意让女儿接触不该接触的人！如此，我们谁都会认为那个陌生男人肯定是个变态，这堆明信片一定很污秽。维蒂和老公边看边摇头，表情厌恶地说：“太恶心了！”可是当恶作剧大师布努埃尔将镜头对准明信片将其展示给我们看时，原来是一些十分普通的风光建筑物图片！

*

布努埃尔的这个点子是不是来自英国作家乔治·奥威尔？我觉得很有可能，布努埃尔博览群书，很多有趣的灵感都来自阅读，而后以自己的方式加以改造，自成一体！乔治·奥威尔在他那部自传随笔《巴黎伦敦流浪记》里记载了一对与他住在同一个旅馆里的老年夫妇。这对相依为命的夫妇平时靠卖明信片为生，老两口上街专门给游客们兜售成套的“色情”明信片。通常，那些买者不好意思当场观看，一手交钱一手拿货，赶紧撤退。可是回到住处，正打算一个人好好享受一番的时候，才发现，上当了！花钱不少，却是一些极其普通的城市风光片！这对老夫妇乃过来人，知道这些上当者的心理，他们不会好意思上街找到他们讨个说法，把钱要回去，他们怪只怪自己难以抵挡色情的诱惑。所以哪怕再次街头相遇，那些上当的人也只能苦笑一下而已。正因如此，老夫妇的生意可以一直做下去，倘若他们卖的是真货，长此以往，一定会被警察抓住的。所以，不要责怪他们，他们年纪这么大生活太不容易了，我们总不希望他们死在牢狱里吧。而通过他们的“骗局”，那些年轻人吃一堑，长一智，虽然吃了点亏，但也许对往后的人生很有帮助呢！至少多年之后，回忆起这一幕，也是有趣，甚至动人的——那时候的自己曾是多么年轻而富有激情啊！

*

在电影《不成问题的问题》里
范伟饰演的丁主任的笑
是影片的——忽明忽暗——旋律线
在他的笑里（笑声 / 笑姿）
缠上，又解开了
难题。

*

美国作家唐·德里罗深受博尔赫斯的影响和启发，他说博氏扩展开了自己的想象（思想）疆域。德里罗藏有一张博尔赫斯的照片——是他的作家好友科尔姆·托宾送给他的——他在写作的时候，偶尔会看一眼博尔赫斯，“表情严肃，双眼紧闭，像一个萨满教巫师，整张脸带着一种坚毅的狂喜”。如此一来，这张面孔就成了德里罗的向导，“从而进入到一个充满魔幻艺术和寓言的世界”。当年也有不少中国作家深受博尔赫斯的影响、启发，写出属于自己独特风格的小说——被誉为中国先锋小说家。可是“恼人”的记者总是问起博尔赫斯与他们的关系，其中有一位被这些提问者搞得不胜其烦，索性回答，“不要问我，我根本不知道有博尔赫斯这个人！”

*

2011 年，绍兴南方书店，店主钱华赠我几本书，其中有一本是唐纳德·里奇的《日本日记》，有题词："送给小钟，难忘南方梅雨时节的艳遇。钱华 2011/6/21。"旁边还盖有一个书店的印章。我想起来,那时正是我出版（处女作）随笔集《像艳遇一样忧伤》没多久，去绍兴做活动。活动之余整日都在南方书店待着，觉得日子很迷人，不由自主哼出旋律——

"自她去到了北方之后，南方总是下着细雨，在一首熟悉的歌曲间隙，是南方至北方的距离……"

如今南方书店已成过往，想起另一位绍兴友人重阳戏言：南方书店 Logo（印章）上的三只鸟，如今只剩一只（孤寂地）留在原地（南方书店主人之一黄安华先生，著名版画艺术家），他与钱华（两只鸟）都飞走了。重阳以前开了一家书画铺，就在南方书店楼下，他与黄安华、钱华是几十年的老友。书店营业的美好时光，他仿佛也是书店的一员。（来买书的顾客少极了，通常一天最多也就来两三个。）基本上，每天就是他们仨在书店——喝茶、聊天、下围棋——真像是 Logo 上的三只仰头鸣唱唤客来的鸟！这次到了绍兴，再遇他们，钱华已在老街区八字桥（京杭运河绍兴段）开了一家新的书店——荒原书店。重阳的字画铺也搬到一个新的创意园区去了。留下黄老师一个人留在原地，但"南方"依旧在，只是做了调整，不再对外营业——黄老师想象力丰富，艺术功底扎实，他亲自重新设计装修后，已成为一座个人美术图书馆。唐纳德·里奇这位美国作家是一位日本迷，他从青年时代起（作为驻军）就长居日本。钱华送我的这本书我一直没有好好看，近日突然翻出来竟有些爱不释手！书内除了有作者本人的精彩生活片段之外，还记录了不少我喜欢的人物之行踪和言论——毛姆、卡波特、斯特拉文斯基、尤瑟纳尔、罗穆娜·尼金斯基（著名芭蕾舞者尼金斯基遗孀）以及纪德、加缪、萨特和我热爱的歌手朱丽叶特·格雷科……（作者说到当时与日本学者讨论把加缪译成日文的可能性。为什么有不少知识分子回避萨特，正因为萨特，导致格雷科受欢迎程度也下降很多。萨特和格雷科关系非同一般，萨特曾为她作歌《白色外套街》等。）除此之外，当然更少不了日本人士，铃木大拙、川端康成、黑泽明、三岛由纪夫，还有演员三船敏郎，以及电影作曲家早坂文雄等。因为是日记，所以看起来比较随性自然，不藏着掖着，很快活，也亲切。

*

在绍兴时，与重阳君聊电影、书籍，很到位、默契。回家之后，他又给我寄来礼物，书和从日本收来的藏品——一位日本早期女爵士歌手的自画像和作曲家斯特拉文斯基的一封短札（1921 年写给俄罗斯一位木偶剧演员）。他还跟我说如果碰到这位作曲家的《音乐诗学六讲》一定要买来一读——

“薄薄的一本书却有无穷的获益。”

在上面说到的唐纳德·里奇的《日本日记》里，有一处专门记录了这位“春之祭”作曲家在日本的游踪：看能剧、买春画、逛书店。这一系列，简直太有趣了。他说春画根本不符合实际，日本人的小 jj 绝对没有画中的那么大！他在逛书店时，有一次突然在书堆上看到自己的作品——《音乐诗学六讲》，他跟同行人抱怨出版人很不地道，一块钱版税都没有给到他！而且书名居然用法文，而不是日文或英文。

“这个，我要买！”他拿书在手，“多少钱？”而后又说，“他们应该把它送给我，这是我自己的书。”

在这本书里，我知道了一个小小的常识。这一次是唐纳德·里奇介绍三船敏郎和一位美国电影发行商（女士）见面，他谈到这位著名演员的魅力和作为一位东道主的松弛、笃定，哪怕言谈涉及金钱交易的各种业务，他也能使这一切像蝴蝶一样轻盈。在那次宴会上，各种款待让美国人倾倒，其中当然有迷人的和服女子作陪。借由唐纳德·里奇与和服女子非常得体的交谈，我们得知她们穿和服是不穿内裤的。

“那会破坏线条，所以她没穿。除了，她提醒我，每月一次，然后是迷人的微笑。”

我太粗心大意了，基本上快看完这本“日记”时，才发现这本日记是上下册，译者是一位朋友——作家、翻译家周成林。于是我一阵兴奋，拍了书的封面发给他，想问的话甚至还没来得及写好发出，他就知道我想要说什么了，马上就回复：“只有上集，下集因后来条件没谈好，就终止了。”我说：“内容太有意思了，翻译很流畅！”他说：“谢谢，这本书是很好看的，但也只是对感兴趣的读者……”再来说说斯特拉文斯基，前面说了他喜欢能剧、歌舞伎。他在公共场合的出现令艺伎们很兴奋，因为大家都知道他是《春之祭》的作者，纷纷拥吻他，合影、签名……一位女性朋友回忆他，说他极有礼貌，人们介绍他的时候，他总是站着，总是最后一个出门，总是鞠躬，让女士们着迷——

“我知道他了不起，知道他的音乐了不起。一个非常非常了不起的人要有足够自信，跟女人在一起才能表现得如此优雅。”

*

一个剧情。一个男人（知识分子形象，老练、平和、略显倦怠）漫步街头，他注意到一个颇有几分不羁形象的男孩，瘦削、颓废，头发遮住脸，耳朵上戴一个细细的耳环。他们四目相对，而后随意地聊了几句便直奔主题，但一时又找不到有空房间的旅馆（一个男妓？），我们看到男人很大方（客气）地塞给长发男孩一些钞票，我们似乎还听到男孩发誓——保证一个小时之后，旅馆有了空房间，一定会在那里等他！结果，不羁男孩当然爽约了。也许很多人会大惊小怪起来：你，你竟然提前把费用给付了？可是知识男子说——依旧像是在剧中——他不介意男孩赴约还是爽约，因为他并不是一定要得到，只是当剧情发生那一刻，彼此眼睛的交会和话语的搭讪刺激到了他的情欲，可是情欲这玩意，来得快，去得也快。就像眼皮的一张一合，暗夜明亮了起来。这个短剧情，是在一次坐长途客车时出现脑海里的，下了车我找到一家旅馆安顿下来，想起这并非我随意乱想，是早前我读到的罗兰·巴特（也说不定是科克托或勒韦尔迪）的一则私记。

*

印象最深的赠书题字是卡夫卡写给他小妹妹的：

致奥特拉——一个在吵杂声中跃入轻舟的跳跃者。

——弗兰茨

之所以印象最深，恐怕和这本书也有关系。卡夫卡送给妹妹的这本书是德语版的《中国民间故事集》。编译这本中国书的是德国著名汉学家理查德·威廉，他曾是一名传教士，在德国占领青岛之后到中国来传教。在华期间，他潜心研究中国学问，尤其是儒学，还创办了礼贤书院，所以他有一个很好听的中国名字——卫礼贤。1903 年起，卫礼贤开始发表有关中国文化的论文，卡夫卡去世之前（1924 年），他就已经翻译出版了《论语》《老子》《列子》《庄子》《易经》和《中国民间故事集》。卡夫卡酷爱中国(文化),可最初我并不知道他这一爱好,只是当我读到他的那一则断想——

你没必要离开自己的房间,待在桌子旁听音乐就行。甚至不必要听,等着就行。甚至不要等,保持沉默就行,大千世界会主动走来,由你去揭开她的面纱。

恍惚一下之后,马上联想到《道德经》里一句(至此我便时常留意他在字里行间泄露的中国情结)——

不出户,知天下。不窥牖,见天道。其出弥远,
其知弥少。是以圣人不行而知,不见而明,不为而成。

这本题赠给妹妹的书里收有中国民间故事一百多则,其中有不少来自《聊斋志异》,包括《崂山道士》《画皮》《夜叉国》《青蛙神》这些名篇。另一位德国人马丁·布贝尔也是一位中国专家,他曾出版《中国鬼怪和爱情故事》(实际就是《聊斋志异》德译本)、《庄子语录和寓言》。卡夫卡熟读这些中国作品,着迷于这些富有神秘色彩的寓言故事,有不少学者认为,卡夫卡一定也引蒲松龄为同类,他的一些以动物(变形)为题材的寓言故事,与蒲留仙很有关系。而在《中国鬼怪和爱情故事》的“译者前言”里,卡夫卡看到蒲松龄的生平介绍——“少

羸多病，长命不犹，门庭之凄寂，则冷淡如僧；笔墨耕耘，则萧条似钵……嗟乎！惊霜寒雀，抱树无温；吊月秋虫，偎阑自热。知我者，其在青林黑塞间乎！”——正如自己的形象写照。蒲松龄说自己乃惊霜寒雀，而他，Kafka，一只寒鸦也！奥特拉是卡夫卡最小的也是最喜欢的妹妹，在他接近生命尾声时，曾在妹妹和妹夫的农场生活了八个月，那是他一生中最快乐的一段光阴。小妹比他敢于反抗“父命”，寻找到属于自己的生活。她曾与哥哥相约，一辈子不结婚，因为他们都强烈反对“人类的结合”。后来，她（二十八岁时）结婚了，卡夫卡大度而心疼地跟奥特拉说：“你有时候说起这事，好像对不起我似的，恰恰相反，是我对不起你。”而后又说：“你是为我们俩结婚，我呢，反过来是为我们两个人独身。”

附录

吃了黄昏的两个人
碰到了落雨
一个说，走。另一个也说，
走。
去买一把伞。

吃了天光后，
两个人打算
离开。
他们把伞
留给了
日午。

他们离去
经过那条斜街

斑驳的马赛克墙上

留有字迹：启智书店

一个站街女

在内里

吃

日

午。

（方言里吃早中午饭，翻译成普通话就是吃天光、日午和黄昏。）

2018 年 4 月 2 日

遂昌城

2016.5.3，星期二

晴。有风。

昨天下雨，把北京城洗干净了。我们乘26路去××中医院取药。昨雨势果真不小，此刻然到温度骤然下降，同前几日对比，仿佛两个世界，头几天空气里漂浮着腻人、难闻的气息了，随风飞扬的各种树上的"杨絮"，纷纷飞进眼里、嘴里……简直如同末日情境。车上我翻阅陈之藩先生一本口袋书，有一篇写到雷宝华先生，雷先生是当年"台糖公司"总经理，他手下有成千上万的员工，他既是一个久经风霜的老者，又像一个童心未泯的孩童……一日，一帮年轻人与雷老在家中聚会，大家起哄让他写一幅对联，老先生想到两句——

理直气和，义正辞婉。

境由心造，事在人为。

如此修为，非常人也。一"松"一"宽"听起来简单，说起来也容易，但做起来，确需要豁达胸襟和知足心境的。因为"义正辞严，理直气壮"凡人都认为理所当然，已根深蒂固在人们心里……而雷先生认为：理既直矣，就不必气壮了；义既正了，何必辞严呢？

而后又说，因为义正了，容易辞严，而辞严，往往愤世；也因为理直了，容易气壮，而气壮了，会成僵局。

雷先生家中书房挂有一条幅——胸中常养一分春

2016. 5. 7. 周六　　阴历四月十二日

今天是·泰戈尔（1861—1941）诞辰日。

今日把陈东东《旅馆》，读了遍。前不久有一天午睡时有了一個动机，后又放下了…… 今天午睡时，动机又来了，遂便不睡了，记了下来。很合拍，很搭调，奇怪啊。平常说两个人关系好，有得聊，也会说：看，他们俩多合拍啊，瞧，她俩好搭调…… 这说明生活中音乐无处不在，不仅人们歌唱才是音乐的流动，任何一瞬都有音乐节奏。

陈东东的作品读得不多。他弟弟陈东飚、夫人小曼都是诗歌翻译家，他诗也有欧洲格调，这一点我很快便进入了某种旋律的暗示……

2016. 5. 18. 星期三，晴天

今天[illegible]之前，元焰带了她的社科院同事苏玲来到家里。苏玲是俄语翻译家，是戏剧评论家、中国著名的翻译家、契诃夫专家童道明先生的得意弟子。家中有一本《契诃夫书信札记》是童先生翻译的，时常翻读，趣味十足！

苏玲性格开朗，元焰说她唱歌好听！我便说咱俩合作一曲，她大方地说：好啊，于是我弹琴，她用非常正宗的俄语唱起了《山楂树》，《小路》，的确很棒，节奏、音色，和情感的节制与舒放，这一切不仅仅是天赋，我想，一定也是文学修养，文学的养分已经渗入了旋律里……

苏玲热情邀请我们去她家里作客，告诉我们家里有一只"美短"叫阿可，女的。因为她凡事皆好奇故取"阿波罗"之阿。后来我们看到阿可，可真是一只奇怪的猫。之前所遇到的那些猫，要么跟人亲热得不得了，时刻会黏着你；要么冷漠傲慢得拒人于千里之外，而阿可呢？它总是和人保持一定的距离，你上楼，它会随后一点点跟上，你走到另一层，没多久你会发现它也悄无声息地来了，但它又不会特别亲近你，抱它，绝对不可能！它总会和你处于一个最恰当的距离，自得其乐，我行我素，或静静地看着你，它必须在你的视线范围之内（本书177页，详细记录）

告别时，苏玲姐姐送给我们她翻译的《大师与玛格丽特》，签名版！

2016.7.1 星期五， 北京—上海。

今天和宋格格乘东航班机到上海，延误了一些时间。因上海落雨。幸好格格非常有出行经验，同我们到虹桥机场最早，但仍得航班改签到之前的——班次了，比之前订得前面的班机。之后还没时间会写字。主办方安排我们下榻浦东南路2111号喜来登酒店。机上读2005.6月份的《读者》，有些文章之前读过，但再读起来味道还不错，获益更多！且有趣味性，也长知识。……一篇《用旅馆证》，令我再次读喽…… 还有《西游记》，好玩，带劲。还发现了南浔人！之前并未注意。这期好友陶醉、沈倩老师说到南浔，前去这个古旧的江南小镇，探古访幽。

宋柯敲门，进来说排练的曲子，明天要上演的。那一刻我飞在酒店信笺上胡乱写一通：

独处，是一门学问。

没错。

但独处时没有把自己躲闲掉

不仅枉然，亦是危险

那是不同的把自己

扔到人群（堆）里

来得安全。

排练时，宋柯说：我发现你特别爱用挂二或七和弦。

据说吉他指板上有59种七和弦的指法

2017. 7. 2. 星期天. 热。

出门坐地铁，随手拿了一本《世界文学》（2013.4）翻到里面有介绍俄罗斯诗人扎博洛茨基的诗作和文章，之前不知晓这位诗人，看过蛮眼前一亮的。

万物变幻莫测！从前的一只鸟，
如今躺着，成为书写过的一张纸
我往昔的思想是一朵普通的小花，
叙事诗蠕动，像缓步的老牛
我过去的一切，或许，
会再度生长，植物世界日益繁茂。

~~摘~~ 摘自《变形》

有时候被一首诗歌打动，似乎是诗人将心

2018. 3.6. 星期二 正月十九 北京—海口。

飞机基本正点。抵达海口，天气热，润图铭公司令小意总监和小林和小沫接机。下榻的鲁能希尔顿酒店，居然是某年"在谈在路上"演出落住的酒店。当然过去好几年，一开始并没发觉，后来一点点觉得怎么有一些熟悉的感觉。渐渐地，才想起来觉得就是。那个满溢出来的游泳池仿佛一直连到海边。上次这个画面也是非常记得。想起当时照片在海滩上拍照，还有当时手机发第一条微博，如今某某已在另一个世界了。

我们收拾好，沿着海滩走了许久，上面是一大片工地，无人，似乎有些走不出的情况。恰好有人骑车过来，说可以出去，于是他带走，到马路，有小黄车，一人一辆，迎着海风，骑了不远不近。

意本《请你撕下这本诗集》，有一首诗这么写：

我的朋友们忧心忡忡，给我
说。他们说这个世界很要不得，
说那些黑暗和灾难。
我只静静地听，然后说——
不，是没完蛋。这
才开始，就像这本书
才仅仅是个开始……

我想藉由日本香颂歌手淡谷のり子，来吟唱这一曲一定很有趣。以轻快、柔然的方式。

图书在版编目（CIP）数据

弹拨者手记 / 钟立风著 . —上海：上海三联书店，2018.8
ISBN 978-7-5426-6400-6

Ⅰ. ①弹… Ⅱ. ①钟… Ⅲ. ①随笔—作品集—中国—当代
Ⅳ. ① I267.1

中国版本图书馆 CIP 数据核字（2018）第 151565 号

弹拨者手记

著　　者 / 钟立风

责任编辑 / 职　烨
策划机构 / 雅众文化
策 划 人 / 方雨辰
特约编辑 / 赵　磊
装帧设计 / 段少锋
监　　制 / 姚　军
责任校对 / 魏钊凌

出版发行 / 上海三联书店
（201199）中国上海市都市路 4855 号 2 座 10 楼
邮购电话 / 021-22895557
印　　刷 / 山东鸿君杰文化发展有限公司

版　　次 / 2018 年 8 月第 1 版
印　　次 / 2018 年 8 月第 1 次印刷
开　　本 / 787 × 1092　1/32
字　　数 / 159 千字
印　　张 / 8
书　　号 / ISBN 978-7-5426-6400-6/ I · 1424
定　　价 / 48.00 元

敬启读者，如发现本书有印装质量问题，请与印刷厂联系。0533-8510898